書下ろし長編時代小説

鬼同心と不滅の剣
牙貸し

藤堂房良

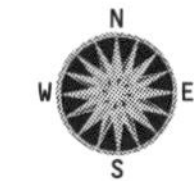

コスミック・時代文庫

この作品はコスミック文庫のために書下ろされました。

目次

第一章　嵐のすぎし夜に

一

暁方(あかつきがた)。

昨日の昼すぎから強くなった春の嵐はおさまり、あたりはしんと静まり返っていた。

春の嵐がつづいていたなら、父の井深三左衛門(いぶかさんざえもん)ともども、お江依(えい)もどうなっていたかわからない。

三左衛門はその静けさのおかげで、だれかが腰高障子(こしだかしょうじ)の心張り棒をはずそうとしている音を聞き取ったのだ。

「お江依……起きろ」

三左衛門がお江依の腕をつかんで起こした。

「父上……」

「裏から抜けだし、雁木の屋敷に走れ。あとは彦兵衛がなんとかしてくれる」

「いったい……」

お江依が問うた。

そのとき、腰高障子に咬ませてあった心張り棒が床に転がった。

「ゆけ……」

手にしていた大刀を三左衛門が抜いた刹那、黒ずくめの賊が五人、脇差や匕首を引き抜いて躍りこんできた。

三左衛門は、最初に襲いかかってきた賊を一刀の元に斬り捨てた。だが廻りこんだ二人目の賊に左肩を斬られた。

「父上」

「走れ。わしのことは気にせずに、生き延びろ。生きろ」

斬った男は顔の下半分を黒布で隠していたが、三左衛門がその布に手をかけ、引きずりおろした。

暗くて顔ははっきりみえなかったが中年男のようで、左頬に刃物傷があった。

暗がりのなかでもみえたのは傷跡が白かったからだが、お江依はそこまでしかみていなかった。

浴衣（ゆかた）のまま裏口から外に飛びだし、路地を走り抜けていたからである。

父のことは心配だったが、踏みとどまるのは、生き延びろ、と命を賭（と）して叫んだ父を裏切ることになるし、剣術の修行など積んでいないお江依が踏みとどまっても、父の足手まといになるだけだ。

お江依は八丁堀（はっちょうぼり）へ向かって走った。子どものころから身軽で、足も速い。

賊の一人が追ってきていたが、難なく振りきった。

二

「三左衛門はいなかった」

屋敷で老妻の「ひで」と共に待っていたお江依に、雁木彦兵衛が沈痛な面持（おもも）ちでいった。

助けを求め、夜明けに屋敷に飛びこんできたお江依の話を聞いてすぐさま息子の百合郎（ゆりろう）を伴い、三左衛門の長屋に駆けつけたのだが、部屋は踏み荒らされ、敷いたままになっていた布団には、大量の血が飛び散っていた。だがひとの姿はなかった。

父が一人を斬ったと、お江依はいったが、その屍体もない。

「では、父はどこへ……」

お江依はひでの小袖に着替えていたが、顔は真っ青で指先が震えている。

「百合郎が奉行所の者を呼び寄せ、聞きこみにあたらせておるのでな、なにかわかるじゃろう。朝の早い職人や棒手振りなら、なにかみておるかもしれぬでな」

「父上……」

お江依がうつむき、沈んだ声で呟いた。

「賊に襲われるような心あたりはないかね。三左衛門はなにかいうておらなんだか」

お江依は涙ぐんでうつむき、かすかに頭を振った。

三

「なにか争っているような音は聞こえたのでやすが、呻き声のようなものも耳に入りやしたので、なんだか怖くて、外に出てようすをみることもできず、そのまま騒ぎがおさまるまで、煎餅布団を被って震えとりました」

三左衛門の左隣に住んでいる「飴売り」だという独り身の男が、恐縮したようにいった。

鴨居には唐人ふうの着物がぶらさがっている。

飴売りは、唐人ふうの派手な衣装を身につけて人目を引きながら、一個二文から三文で売り歩く。

「くそったれが……」

外に出た雁木百合郎が腰高障子をしめると、「ばしん」という大きな音があたりに響いた。

「となりの部屋の住人が難儀してるんだから、大声をあげてだれかを呼ぶくらいのことはしてもいいんじゃねえのか、薄情者が」

右隣は空店だった。

「まあまあ、みんなが雁木の旦那ほどの腕を持った向こうみず……あいや……一本気……その、勇気があるってわけでもねえんですから……」

岡っ引きの吉治郎がいった。

吉治郎は百合郎の父、彦兵衛から手札をもらっているが、彦兵衛が隠居したあとは百合郎についている。

「手札」とは、同心から与えられる、これはおれが認めた岡っ引きである、という証明書のようなものだ。だが手札をもらったからといって、ずっとその同心についているわけではないし、ほかの同心についたからといって、手札を取り消されたという話もない。

四十五歳で、口は達者だが、このところ、

「若いころと比べると足がなあ……」

などと浮かない顔をすることもある。

女房を病で亡くしているが、武家奉公をしている、自慢の娘がいる。

「ふん」

百合郎が鼻を鳴らした。

「どうせおれは向こうみずの鬼瓦（おにがわら）だよ」

この男、生まれたとき、

「どこか鬼瓦に似てないか」

といった彦兵衛の言葉を気にしたひでが、成長した暁には眉目秀麗（びもくしゅうれい）になりますようにとの願いをこめ、百合郎、つまり百合のような男、と名づけた。

成長しても名を変えず、そのまま名のっているのだが、母の願い虚しく、二十八歳の大男になったいまでも、鬼瓦のままなのである。

だが母親のひでは、成長した息子の顔を、

「それなりの男まえ……」

と評し、いたく満足しているふうなのだ。

たしかに、無双一心流の道場で鍛えられ、折り紙を伝授された顔は引き締まり、みようによっては「男まえ」といえなくもない。

「それにしても、三左衛門どのはどこへ姿を消されたのか……」

近所を聞きまわっていた岡っ引きや同心が戻ってきたが、

「怪しい奴をみかけた者はみつかりませんでした」

と口をそろえた。

場所は大伝馬塩町の裏店で、表通りを挟んだ向こうに、浜町堀につづく堀川が流れている。

そこを荷舟でやってきて、三左衛門が斬りたおすのをお江依がみたという屍体と、三左衛門を乗せて連れ去れば、だれかにみられることはないだろう。

考えたくはなかったが、三左衛門も屍体となって運ばれた公算が大きい。

それならみつけるのはかなり困難だ。地面を深く掘ってどこかに埋めるか、舟で運んだのなら袖ケ浦までゆき、そこで捨てれば鱶の餌だ。

「彦兵衛どのとは親しかったのか」

先輩の定町廻り同心が尋ねた。

「互いに無双一心流道場で学んだ仲なのです。父が七つほど年上だったのですが、剣術の腕前は互角だったようで、互いに呼び捨てにするほど親しくしていました」

井深三左衛門は浪人だが、商家の用心棒などでそこそこの実入りがあり、百合郎が知るかぎり、暮らしに困るようなことはなかった。

ときには娘のお江依を連れて彦兵衛の屋敷にもきて、泊まっていくことさえあった。

「彦兵衛どのは、此度のことでなにか耳にしておられなかっただろうか」

「あとで詳しく尋ねてみます」

「下っ引きも集め、もうすこし範囲を広げて聞きこみにあたらせよう。おまえは屋敷に戻り、井深どのの娘ごに、これまでのことを話してやれ。といっても大して話すこともないが、わずかなことでも知りたいだろうからな。川添さまにはおれから話しておく」

川添孫左衛門は筆頭同心だ。

「お心遣い痛み入ります」

百合郎は吉治郎に向かい、あとを頼む、といいおき、一人で屋敷に戻った。

午まえのことであったが、空には薄暗い雲が重く垂れこめ、吹き抜ける風には冷気が含まれていた。

四

「岡っ引きに命じ、近所の聞きこみにあたらせましたが、三左衛門どのの消息はなにもつかめませんでした。となりの飴売りは、騒ぐ声や音は聞こえたといいますが、怖くて動けなかったよし。なにもみておりません」

父とお江依をまえにして、百合郎がいった。

母のひでは、昼餉の支度をしているようで、包丁がたたく俎の音が聞こえていた。それに雨音が混じっている。

「此度のことで、なにか心あたりはないか。三左衛門どのから、なにか聞いてはおらぬか」

　百合郎がいった。

「そのようなことはなにも……昨夜布団に入るまで、父が暗い顔をしているのさえみたことがありません」

　子どものころから知っているとはいえ、さすがに十も歳がはなれていると、お江依もぞんざいな口調というわけにはいかないようだ。

「うむ……しかし、三左衛門どのが賊に襲われたのは事実だからなあ……」

「お江依、おまえを襲ってきたとは考えられぬか」

　彦兵衛が、唐突にいった。

　お江依も驚いたようで、

「え、わたしを……でございますか」

　といって彦兵衛に目をやった。

「いや、わしの勘働きだ。賊は二人とも殺すつもりだったとしても、目当ては三左衛門ではなく、お江依だったかもしれないと、ふとそのような考えが頭に浮かんだまでのことじゃ」

　百合郎がお江依に目をやった。

「これといって心あたりはありませぬが……」

お江依が戸惑ったような表情を浮かべていった。

お江依は幼いころからおしゃまで弁も立ち、いつも男の子たちを遣りこめていた。十八歳のいまになってもそれは変わらないが、近所の男たちは遣りこめられて憤るどころか、お江依の機転の利かせかたや聡明さに舌を巻きながらもそれを楽しみ、また敬っているようなところがあるのを百合郎は知っていた。

だれかに怨まれているなどとは考えられない。

「もしも、狙いがお江依だとしたら……相手にとっては、みられるとまずいものをお江依はみてしまったが、本人はそれに気づいていないとか……」

百合郎が呟くようにいった。

「それはいつごろまでの話ですか。仮にわたしがそれをみたとして、あの賊どもが襲ってくるまでに幾日くらいかかる、とみればよいのでございましょうか」

「長くても五日ほどじゃろうか」

彦兵衛がいった。

「五日うちなら、町内を出ておりませんが……」

「向こうから町内に入ってきたのかもしれぬ」

難しい顔をして腕を組んだ百合郎がいった。

お江依は、狙われるほどのなにかをみていて、おのれでもそれに気づいていないのではないか、とはいったが、深く考えてから口にだしたわけではない。

百合郎は一直線で情に脆い男で、複雑に入り組んだものごとを解きほぐすのはあまり得意ではない。

直感と度胸で勝負する。

「ここであれこれ話しおうているより、一刻も早く三左衛門の行方を突きとめろ。そうすれば、なにがあったのかわかる」

彦兵衛は、三左衛門よ生きていてくれ、と祈るしかなかった。

「では」

百合郎が刀を手に立ちあがったとき、母が居間の障子をあけ、

「昼餉の用意が調いましたから、食べてからお出掛けなされ」

といったが、百合郎は、

「聞きこみ先で食います。気が急いておりますので」

といってお江依に向かい、

「賊を捕まえるまで、おまえはこの屋敷から一歩も外に出るでないぞ、いいな」

と命じた。

もしや賊は、まかれた振りをして屋敷まで尾行してきたのではないか、という考えもちらっと頭をかすめたが、すぐ打ち消した。

お江依はそのようなどじを踏む娘ではない。

お江依は不満そうだったが、万にひとつ、狙われているのがおのれだとしたら、屋敷の外に出るのがいかに危険かくらい、わきまえているはずだ。

剣術の修行がしたいというお江依に、三左衛門は、

「剣術など、これからの世にはなんの役にも立たぬよ」

といい、剣術の手ほどきはしなかったという。

その代わり、学問をさせた。

百合郎はお江依に向かってうなずき、刀を佩きながら出ていった。

母が百合郎の背中に声をかけた。

「玄関に傘が用意してありますから」

雨音はまだつづいていた。

岡っ引きや、その息のかかった連中、手の空いている臨時廻り同心も総動員し

て夕刻まで聞きまわったが、怪しい奴らをみたという者は、捜しあてられなかった。

掘割を舟でやってきて、舟で立ち去ったのだろう、ということで意見の一致をみた。

三左衛門は殺され、なんらかの事情で屍体が運び去られた、と大方の者が思っていたはずだが、口にはしなかった。

「賊どもがなにかどじを踏んで手掛かりでも与えてくれぬかぎり、我々にはどうすることもできない。この件は一旦打ちきり、おのおの抱えている事件の探索に戻るように」

と、筆頭同心、川添孫左衛門の命がくだった。

お江依のことを思うと、百合郎は心が痛んだが、川添のいうとおり、賊が尻尾でもださないかぎり手の打ちようがない。

百合郎もまた、目処のつかない事件を抱えていたのである。

百合郎の抱えているのは、尾張から江戸にかけての広範囲で盗みや人殺しを働いていた阿字の蔵三という盗人一味の頭が惨殺された事件だ。

蔵三は小伝馬町の牢屋敷に収監されていたのだが、昨年正月に五郎兵衛町から出火した火事が牢屋敷をも焼きつくすような勢いで燃え広がっていた。

牢奉行の石出帯刀は、

「このままでは、囚人がみな焼け死ぬ恐れがある」

と考え、

「かならず戻ってくるように、戻ってこない場合は厳罰に処する」

と厳命したあと、五日間の余裕を与えて囚人全員を解き放った。

そのなかに阿字の蔵三もいたわけだが、五日目にほとんどの囚人が戻ってきたのに、蔵三だけは姿をくらませていた。

むかしの仲間を集めてふたたび盗み働きをはじめた、そういう噂が流れだしたころ、蔵三の配下だったという男から、蔵三が千住に隠れている、と密告があり、そこで捕縛された。

蔵三暗殺は、唐丸籠で牢屋敷に運ばれる途中、小塚原から浅草に抜ける「仕置場」の手前あたりで決行された。

そのとき、唐丸籠を担いでいた人足や、牢屋敷の中間四人は逃げてことなきをえたが、暗殺者に立ち向かった牢屋同心の大林弥文が惨殺されている。

唐丸籠を担いでいた人足の話によると、暗殺者は頭巾で顔を隠していたが、身につけていたのは無地の黒っぽい着流しで、大刀をひと振りだけ腰に差した痩せた男だったという。

夕刻には雨があがったが、わずかに残っていた桜の花びらはすっかり落ち、地面に貼りついていた。

五

百合郎から話を聞いたお江依は、思ったほど落胆もせず、ただ、

「やっぱり……」

と呟いただけであった。

「やっぱりとはなんだ」

百合郎は奉行所から戻ったばかりで、まだ夕餉もとっていなかった。

「探索が打ちきられたことか」

お江依はうなずき、

「掘割に二艘の荷舟をつけ、そこから押しこんできたと考えると、平仄があうの

です。みた者がだれもいないというのも、納得できます。父とわたしを殺したあと、荷舟で屍体を運び、鱶の餌にでもするつもりだったのでしょう」

といった。

「なぜ屍体を捨てるのだ」

「屍体がみつからなければ、傷口をたしかめることもできません。つまり、匕首で刺されたのか、刀で斬られたのかもわからず、賊が町人か武士かも判断できませんので、暗殺の背後の事情を想像することすら容易ではなく、探索はますます困難になりましょう。探索が打ちきられても不思議ではありません」

百合郎は感心した。

奉行所でも、屍体の傷口にまで言及した者はいなかったからだ。

「おまえが一人でそれを考えたのか」

「なにもすることがなかったので」

「それにしても……」

聡明な女であることはわかっていたが、ここまでとは想像すらしていなかった。

お江依の考えが的を射ているとすれば、相手はただの押しこみではない。

三左衛門が姿を消したのにはなにか途方もない裏があるのかもしれない。

「筆頭同心の川添さまと話してくる」

川添の屋敷はおなじ大縄地（おおなわち）で、半町ほどしかはなれていない。

百合郎が刀を手に立ちあがると、

「それならわたしも……」

といってお江依も立った。

「駄目に決まっておるではないか。おまえの長屋に押しこんできた賊は五人だといったが、ほかに仲間がいるやもしれぬ。そうなると、おれ一人では護（まも）りきれぬ。おとなしく待っておれ」

「無双一心流免許皆伝の百合郎さまがでございますか」

お江依が皮肉っぽくいった。

「相手が一人なら負けぬ。だが五人も六人もとなると、おれにも自信はねえ。おとなしく待っていろ」

お江依はつまらなそうな顔をしたが、座りなおした。

しばらくして戻ってきた百合郎に、酒を呑んでいた彦兵衛が聞いた。

「川添どのはなんと」

「お江依、こいよ、おまえも聞きたいだろう」

調えてあった夕餉の膳のまえに百合郎が座ると、手を拭きながらお江依がやってきた。母の後片づけを手伝っていたようだ。

「お江依のことはいたく褒めておられましたが、単なる想像であって手証にはならない、ということで、三左衛門どのの探索はやはりこれで打ちきる、とそのように」

「そうか……」

彦兵衛が気落ちしたようにいった。

お江依も探索が続行されるとは思っていなかったようで、悔しそうな顔をしたが、なにもいわなかった。

「よし、明日から、わしが少々嗅ぎまわってみよう。三左衛門が用心棒をしていた商家や知りあいなどを聞いてまわれば、なにかつかめるやもしれぬ」

彦兵衛は隠居して六年になるが、それまでは定町廻り同心を経て臨時廻り同心を務めていたのだから、探索ならお手のものだ。

お江依の顔がぱっと明るくなった。だがついていくとはいわなかった。ついてまわって賊に襲われでもしたら、彦兵衛の命が危ない、そう考えたようだ。

彦兵衛も、ついてくるか、とはいわなかった。

親友に託された娘の命を危険に曝すわけにはいかぬ。

「お江依、三左衛門の知りあいで、名や住まいのわかっている者を書きだしておいてくれ」

「承知いたしました。ですが、父は、つきあいの狭いお方で、友と呼べるお方は雁木さまお一人でございました」

いってお江依は涙を浮かべた。

おのれを養うため、友と遊ぶこともせず、必死に働いてきた父に思いあたったからだろうか。

夕餉を終えた百合郎が自室に引き取ると、

「よろしゅうございますか」

「いいぞ、入れ」

障子をあけて入ってきたお江依が、百合郎のまえに座り、両手をついた。

「なんの真似だ」

「百合郎さまの非番の日にわたしを連れ、市中を歩きまわってはいただけませぬか」

「賊を誘き寄せる餌になろうというのか」

「ほかに打つ手がございませんから」

「断ったらどうする」

答えは聞かなくてもわかっていた。

「一人で歩きまわり、襲われそうになったら逃げ、あとを尾けて住み処を突きとめます」

「なあお江依、おまえの気持ちは痛いほどわかるが、父のことも考えてやってくれねえか。親友から娘を託されたのだ。その娘が勝手な振る舞いに及び、命を落としでもしたら、父はどうすると思う」

お江依がうつむいた。

「たぶん生きてはいまい。三左衛門どのも、父が命懸けで護ってくれることを信じていたからこそ、おまえをこの屋敷へ走らせたのだ。そうは思わぬか」

握りしめたお江依の手の甲に涙が落ちた。

おれも非番の日に嗅ぎまわるから、任せておけ、といって慰めたかったが、蔵三暗殺の手掛かりがまったくつかめていないいまは、安請けあいもできない。

これまで百合郎は吉治郎を伴い、暗殺があった小塚原界隈を、足を棒にして尋ねまわったが、めぼしい話は聞けなかった。

怪しい、と耳にした浪人者は五人にのぼった。

近所で浪人者の評判を聞き、ゆきつけの呑み屋で噂話に耳をかたむけたりした。それぞれにみなひと癖もふた癖もあり、怪しいといえば怪しいが、暗殺者と決めつける手証は得られなかった。

百合郎が知っている元盗人や、牢屋敷に収監されている盗人たちからも手掛かりを得ようとしたが、なにもしゃべってはくれなかった。

吉治郎は裏者にも顔が利くが、そこからもめぼしい話はなにも得られなかった。

「なにか知っているとしても、みな、口を噤んじまってやがる」

吉治郎も嘆いていたのが現状だった。

六

この数日が暖かかったこともあり、桜は葉桜に変わりつつあった。

彦兵衛も、三左衛門が用心棒をしていた大店や、知りあいなどに、

「なにか聞いてはおらぬか」

と尋ねまわっているようだが、

「生真面目で無口な男だったからなあ……」

襲われるような理由についてはなにも知らないといい、だれもが溜息を吐いた。

お江依は落ちついたのか、諦めたのか、百合郎が知っている快活なお江依に戻りつつあった。

「蔵三を殺した暗殺者の足どりはどうじゃ」

夕餉のあと、酒を呑みながら父の彦兵衛が百合郎に尋ねた。

百合郎は酒を呑めないわけではないが、いくら呑んでも酔わないので、呑まないことにしている。

そばには、父の銚子を運んできたお江依もいて、百合郎の話を聞きたそうな顔をしていた。

「背後には暗殺者を使った黒幕がいるにちがいないのだが、暗殺者をお縄にしないかぎり、そいつの正体を突きとめることはできないだろうな」

彦兵衛がいった。

「まさしく……」

「どのような事件なのでございますか」

お江依が口をはさんだ。

「興味があるのか」

百合郎が尋ねると、お江依が大きく二度、うなずいた。

彦兵衛の顔をみると笑っているので、百合郎は、阿字の蔵三という盗人一味の親分が何者かに暗殺された話をした。

「蔵三がお縄になったとき、配下の者はどうなったのですか、みな逃げてしまったのですか」

「ほとんどお縄になったのだが、もうすでにお仕置きがすんでいて、主立った配下の三人は打ち首、あとの者は遠島で、話を聞こうにも、聞けねえのだ。蔵三が牢屋敷に戻ってこないというので、拷問にかけられた配下もいたようだが、口を割った者は一人もいなかったらしい」

百合郎が茶をひと口のみ、話の穂を継いだ。

「尾張から江戸を股にかけて広範囲を荒らしまわっていた、ということはわかっている。だがそれも、お縄になった蔵三がしゃべったことだから、真実のことかどうかはわからねえ。まったく、雲をつかむような話なのだ」

　お江依はしばらく考えていたが、やがて、

「牢屋同心……」

「大林弥文か」

「その大林さまのことはお調べになったのでございますか」

「大林が暗殺者を手引きしたというのか……それを恐れて大林も殺したと」

「いえ、阿字の蔵三を襲ったのではなく、そもそもの目的が大林さまの命を奪うことだったとしたら、と……」

　百合郎も彦兵衛も絶句した。

　そんなことはだれも考えなかったからだ。

「わたし考えました」

「これ以上なにを考えたのだ」

　目を丸くした彦兵衛が問うた。

「百合郎さまについて歩ける方法、をです。それなら、非番のとき、父の探索もできます」

「なに……」

お江依はにこっと笑うと立ちあがり、空いた銚子を手にそそくさと居間を出ていった。

「なんという奴だ」

「いまのいままで、大林は巻き添えを食って斬り殺された、と思いこんでおったが、お江依が申したことも、考慮するべきかもしれぬな」

「仲間を疑うのは、気が重うございますが」

百合郎は彦兵衛の盃(さかずき)を手にし、手酌(てじやく)で呑みほした。

「それもあって、だれもそこに目を向けなかったのだろうな」

百合郎は不機嫌な顔をしていた。

「それにしても、わたしについて一日中歩く、とはどのような了見なのでしょうか。むろんついて歩かせはいたしませぬが」

「うむ…… 一風変わった娘じゃからのう、油断はならぬ」

彦兵衛が神妙な顔をしていったが、その顔の下には、興味深い、という思いが隠されているのを百合郎は見逃さなかった。

七

次の朝。

百合郎は、お江依がなにかいってくるのではないか、と案じていたが、お江依はなにかをしでかすわけでもなく、また同道させてくれとたのむでもなく、母ひでがやっている朝餉の支度をいそいそと手伝っていた。

――思いすごしだったか――。

いや、お江依のことだから、きっとなにかをやるにちがいない。

廻り髪結いの安造がきたが、百合郎は昨夜お江依がいった、本命は大林弥文を殺すことではないか、という話が気になっていたので、月代をあたるだけにとどめ、すぐに出掛けた。

ほかの定町廻り同心の屋敷には朝早くから岡っ引きがやってきて庭や土間の掃除、ときには庭の草むしりなどをしながら同心の出仕時刻を待ち、奉行所まで供をすることになっているのだが、父の彦兵衛はそういうことをきらい、岡っ引きには、

「掃除などしなくてもいいから、木戸門の外で待っているように」

といいつけてあった。

雨や雪の日は、土間で待つ。だが掃除などはさせない。

百合郎も父のそういうところをみて育ったので、それが当然だと考えていた。

木戸門を潜ると、岡っ引きの吉治郎が、

「おはようございます」

きょうも待っていて腰を折った。

「吉治郎、おれたちは大変なことを見落としていたかもしれねえぞ」

「え、なんでございますか」

「川添さまに相談してみる」

百合郎は走るような格好で奉行所へ向かった。

急ぎながら背後を振り向いたが、お江依の姿はなかった。

南町奉行所は、八丁堀から西へ半里弱ほどの場所にある。


出仕してきた川添孫左衛門をつかまえて話すと、川添の顔色がさっと変わった。

「待っておれ、登城まえのお奉行に相談してみる。勝手に動きまわると、石出帯刀さまと筒井奉行とのあいだで揉めごとが起こらないともかぎらぬからな」

いまの石出帯刀が何代目かは知らないが、石出家は代々つづく牢屋奉行だ。町奉行とのあいだが険悪になるのは避けなければならない。

半刻ほど待たされた。

同心詰め所に戻ってきた川添が、

「つきあえ」

といって百合郎を奉行所から連れだした。

正門脇の右潜り門を出ると、大番屋で待っていた吉治郎がついてきた。

百合郎はまだお江依のことが気になっていて、数寄屋橋をわたりきるとあたりに目を配ったが、お江依の姿はどこにもなかった。

吉治郎が不思議そうな顔をして百合郎をみたあと、背後に目を配った。

お堀の土手に著莪が咲きほこっている。

「どちらへ」

百合郎が問うと、

南町奉行所から小伝馬町の牢屋敷までは、おおよそ三分の二里の道程である。

一石橋をわたると、金座の裏手を右に折れた。


「小伝馬町の牢屋敷」

と川添はいい、そのあとは無言で堀沿いを北に向かった。


石出帯刀はでっぷりした小柄な男で、不機嫌そうな顔をしていた。

「実は……」

川添孫左衛門が話をきりだすと、不機嫌に輪をかけて不機嫌になり、色白の顔が赤くなった。

「わしに監督不行き届きがあったと、こう申されるのか」

「そうではございません。筒井奉行のおっしゃるには、唐丸籠を担いでいた人足から足軽、つき添いの牢屋同心まで、すべての者を隈なく探っておけ、と」

「わしがとめても、どうせ隠密裏にやるだろうからとめはせぬが、もしも大林が潔白だとわかったときには、筒井奉行に頭をさげてもらうぞ、よいな」

「それは……」

川添が渋っていると、石出帯刀はよたっと立ちあがり、部屋を出ていった。

「石出さまの意向はわかったな」

牢屋敷の門を出た川添が、いつもの命令口調でいい、奉行所に帰っていった。

隠居が近くなっているためか、川添孫左衛門はいつも苛ついているように、百合郎には思える。

川添の背中がやや丸くなっていた。

川添の姿がみえなくなると、百合郎は、牢屋敷の門番に、

「大林弥文どのと仲のよかった同心はいないか。いるなら呼んできてほしいのだがな」

といい、手を取って一分銀を握らせた。

「定町廻り同心って、賂がどっさり入ってくるんだってな」

門番が掌をだしながらぞんざいな口を利いた。顔色が悪くて目が落ち窪み、猫背ぎみの中年だった。

百合郎は、出入りを許されている旗本と、ときどき小遣いをもらっている豪商の隠居の顔を思い浮かべながら、門番の掌にもう一枚、一分銀をおいた。

「待っててくれ」

六尺棒を門脇に立てかけた門番が、門を潜っていった。

「大林さまの探索はやめろと……川添さまが」

吉治郎が心配顔でいった。

「やめろとはいわれなかった。石出さまの意向はわかったな、といわれただけだ。つまり、秘密裏にやれ、ということだ」

「その解釈でいいんですかい。もしまちがっていたら、雁木の家はお取り潰しになりかねませんよ」

「そのときはそのときだ、心配するな。おめえはほかの同心につけるように、話をつけてから浪人になってやる」

「まったく……」

吉治郎は、いつもこれだ、というような顔をしてから、微笑んだ。

「あっしも足の洗いどきでやすから」

しばらくすると、三十代後半のしょぼくれた男を伴った門番が戻ってきた。着流しで羽織を着ている。大刀は二尺五寸（七十六センチ）ほどでやや短く、脇差は二尺近くあるようだ。

男は門を出て右手にゆき、待合橋のたもとで立ちどまった。

掘割の一町半ほど上流左手に、三左衛門とお江依が襲われた大伝馬塩町の町並みがみえている。

襲った賊は、この待合橋の下をとおって大川（おおかわ）へと抜けたのだろうか。

またお江依のことを思い、背後にちらっと目をやったが、お江依の姿はなかった。

吉治郎も、不審そうな顔で背後に顔を向けた。

「定町廻り同心って、賄賂（わいろ）がどっさり入ってくるんだってな」

男は門番とまったくおなじ科白（せりふ）を吐いた。

そのようにいえば、莫迦（ばか）な定町廻りが金を出す、と門番に吹きこまれたのか、門番も牢屋同心も、定町廻り同心をおなじようにみているのか、どちらかはわからない。

「大林どののことで、なにか表に出てはまずいことを知っているのか」

「たったいま、お奉行から、南の同心がなにか聞いてくるかもしれないが、なにも話すな、と釘（くぎ）を刺されたばかりなのだがな」

石出帯刀も、南の同心の動きを封じこめるとは考えていないようだ。

百合郎は、財布から取りだした一両を、男の小袖の袂（たもと）に放りこんだ。

男は袂の重みをたしかめるように、軽く振った。

「人づきあいの悪い奴だったから、腹を割って話したことなどなかったが、博奕(ばくち)には目がなかったようだ」

「賭場(とば)はどこだ」

「胴元は安食(あじき)の辰五郎(たつごろう)」

それだけいうと、男は牢屋敷に戻りかけた。が、立ちどまって振り向き、

「あんた、情に厚いほうかね」

と問うた。

「さあな、おのれのことはわからねえが、それがどうした」

「大林は二年まえに女房子を流行病(はやりやまい)で亡くしていて、老母と二人暮らしだったのだよ。あんたが情に厚ければ、老母を泣かせるのはさぞ辛(つら)かろうと思ってな。それだけのことだ」

男はくるりと踵(きびす)を返し、ひょこひょこというような足どりで戻っていった。

「厭(いや)な野郎ですね」

吉治郎がいった。

「定町廻りはあいつがいうようにみられている、そういうことだ」

定町廻り同心は、ひとを助ける場合も多いが、だれかを泣かせることも覚悟しておかなければならない。

「安食の辰五郎を知ってるか」

百合郎は、辰五郎の名は聞いていたが、会ったことはなかった。

「いま売りだし中の博徒で、歳のころ三十七、八。負けん気の強い野郎です」

「よし、会って話を聞こう。住まいに案内しろ」

「旦那がその格好でいっても、なにも話しちゃくれませんぜ。というより、却って口が堅くなるだけです。なにせ町方役人が大嫌いときてますから」

「妙ないいまわしをしたな。その格好でいっても、とはどういう意味だ」

「変装でもしていけば、多少はおもしろがってくれるかと」

「洒落っ気のある奴なのか」

「わかりませんが、堅物でもねえですから、同心が変装してまでやってきたとなれば、あるいは、多少なりともおもしろがってくれるかもしれねえ、と」

「おめえの、ひとをみる目ってやつを信用してみるか。その点では、おれより数倍、いや、数十倍、鋭いからな」

吉治郎は元博奕打ちで、博奕のいざこざから喧嘩沙汰にまでなり、ひとを殺しかけたこともあったが、そのころ定町廻り同心だった彦兵衛に拾われ、まっとうに生きることを条件に手札を与えられたのである。

博奕打ちのころにつながった裏者との糸は悶っ引きになったいまもきれておらず、百合郎にはそれが大いに役立っているのは認めざるをえない。

吉治郎は裏者の悪行の揉み消しや仲裁などもやっているようだが、百合郎は、裏者が表に出てきて悪事を働かないかぎり、口をだすつもりはない。

それは吉治郎も心得ている。

「じゃあ、あっしはこれから安食の賭場がどこに立つのか聞きまわってみやす」

博徒は、町方の手入れを回避するため、三日に一度は博奕場を変える。吉治郎が「聞きまわって」といったのはそういう意味だ。

「おれは両国の『鈴成座』で芝居でもみているから、そこで落ちあおう」

吉治郎は笑ってうなずき、踵を返して立ち去った。

八

鈴成座は、鈴置雪乃丞という役者が座長をつとめる筵掛けの芝居小屋で、もう長いこと両国で芝居を打ち、そこそこの客を集めている。

いま『吉野山桜仇討（よしのやまさくらのあだうち）』という仇討ちものの芝居が掛かっていた。

吉治郎には「芝居でもみている」といったが、そのつもりはなかった。

百合郎の目当ては、鈴成座の座つき化粧師（けわいし）、直次郎（なおじろう）だ。

顔見知りの番人が黙って頭をさげ、裏口の筵をあげてくれた。

入ったところは物置のように使われていて、芝居で使う大道具小道具が山積みになっていた。

直次郎のいる場所はわかっていた。

左にいくと、両側に舞台用の着物が無数に吊されている細長い部屋で、それを抜けると長暖簾（ながのれん）で仕切られた座敷があった。

「邪魔するぜ」

青地に白い波の描かれた長暖簾を割ると、白塗りの地肌に隈（くま）取りを描いている直次郎が顔をあげた。

髪を肩のあたりまで伸ばし、後頭部でひとまとめにして結んでいる。

陽にあたることがないためか、彫りの深い顔立ちは蒼白（あおじろ）く、大きな目が子どものような輝きを放っている。

歳を尋ねたことはないが、四十五、六だろうか。

化粧師という生業が芯から好きなのだという。

「旦那か、久しいな。すぐすむ、待っててくれ」

直次郎は素早く隈取りを描いていたが、その筆を竹筒の筆入れに放りこみ、口に咥えていた細い面相筆で仕上げを施した。

「よし、できたぞ」

役者が立ちあがり、百合郎に一礼するかしないかで走り出ていった。

「忙しそうだな」

「なに、昼の部はいまのが最後だ。あとは夜の部」

といわれて、百合郎は昼飯を食っていないことを思いだした。

「頼めるか」

「いいとも。で、どんな奴だ」

直次郎は変装させる者の内心や心情を理解できるように、幼いころからいままでの暮らしの大まかなことを尋ねたがる。

「父の代からの浪人なのだがな、母は、その男……」

「名はなんというのだ」

百合郎が変装する人物の名を問うているのだ。

「そうだな、平戸新兵衛というのはどうだ」

知りあいの名を借りた。

「いいだろう。母はどうしたのだ」

「新兵衛が幼いころ、男と駆け落ちしたのだ。それからは父と二人暮らしで、父から剣術などを習って生きてきたのだが、新兵衛が十五の春に父が元女郎を家に連れこんだ。こともあろうに、その女が新兵衛に手をつけたため、新兵衛と父は斬りあうはめになった。新兵衛が父を斬って土地を逃げだし、江戸へくだってきた、というわけだ」

「とんでもねえ人生だな。だが、新兵衛の抱えているものはみえた」

「女はまったく信用せず、盗人の仲間になって盗みを働いたり、博奕場の用心棒で食いつないだりしながら、気がつくと十五年がすぎていた。そんなところだな」

「酒は」

「浴びるほど」

「では……」

「たのむ」

直次郎は半刻ほど百合郎の顔をいじっていたが、やがて筆をおくと、顔のまえに鏡をかざした。

「おお……」

百合郎は一瞬、だれの顔だろうと訝った。

顔が鉛色で目が落ち窪み、長年の疲れが目の下に顕れていた。

どうやって作ったのか、目にはひとを蔑む光があり、狡賢く立ちまわれと、表情がいっている。

髭を貼りつけた月代は艶がなく、脇差で削ぎ切りにしたあとがはっきりわかる。

「浪人の衣装ならあり余るほどそろってるから、それを着て大刀をひと振り落とし差しにし、やや猫背で歩けば、平戸新兵衛のできあがりだ」

両親や吉治郎はともかく、奉行所の同僚でもよくみなければ百合郎とは気づかないかもしれない。

百合郎は、

――この顔をみたら、お江依はなんというだろう――。

と思い、お江依の驚く顔を想像してほくそ笑んだ。

浪人の小袖も袴も、役者の衣装から直次郎が選んでくれた。洗い立てだが着古されているようにみえ、食い詰め浪人そのものだ。

着替えると、心根まで平戸新兵衛に生まれ変わったかのようで、世の人々が憎く、一方で惨めな気分になっていた。

着替えた小袖と羽織、それに脇差を直次郎にあずけ、十手は懐深くに押しこんだ。

「世話になった。あとで角樽をひとつ届けさせる」

直次郎は銭金を受け取らないため、角樽ひとつで話がついている。

「おれはな、旦那。おのれの腕の冴えをみるだけで満足なのだ。給金は雪乃丞からもらっている」

これが直次郎のいいぶんだ。

筵をあげて小屋の外に出ると、歩いていた二人連れの若い女が、

「ひっ」

と、喉で悲鳴をあげて飛びのいた。

ますます惨めな気分に陥った。

飯屋の暖簾をくぐると、昼すぎなのに店内は混雑していた。両国広小路の商いに暇な時刻はない。

百合郎――平戸新兵衛か――は空いていた席を隅にみつけ、そこまでいって腰をおろした。近くに座っていた客が尻を動かし、百合郎のまわりが空いた。

小女が二人いたが、どちらも注文を取りにきたくないようで、二人で肘を小突きあっていた。

仕方ない、というように、小柄なほうが注文を取りにきた。

百合郎は、

「金ならある。店に迷惑をかけるつもりもない」

といい、一分銀を食卓に置いた。一分あれば、大の男が三人で腹一杯食ってもまだ釣りがくるような店だ。

小女は安心したように、

「なにになさいますか」

と聞いた。

「昼飯がまだなのだ。品揃えは板前に任せるが、多少多目に見繕ってもらいたい」

注文を取りにきた小女は台所に消えたが、もう一人の小女は、わたしは騙(だま)されないわよ、というような目で百合郎を睨(にら)んでいた。

百合郎が腰を浮かすと、小女は慌てたように台所に駆けこんだ。

運ばれてきたのは、鯵(あじ)の甘辛煮(あまからに)、烏賊(いか)の炒めもの、筍(たけのこ)と若芽(わかめ)の煮物、沢庵(たくあん)、浅蜊(あさり)の味噌汁、大盛りの丼飯(どんぶりめし)などであった。

満足して芝居小屋に戻ると、裏の出入り口のあたりに吉治郎がいて、芝居小屋の番人と笑顔で語りあっていた。

近づいてくる浪人者に気づき、顔をあげた吉治郎の腰が引けた。が、すぐ気づいたようで、

「旦那……ですかい、脅(おど)かしっこなしにしましょうよ」

といってしげしげと百合郎の顔をみた。

「さすがは直さんですねえ。よくみねえと、旦那だとは気づきませんよ」

「賭場を突きとめたようだな」

そんな顔をしていた。

第二章　安食の辰五郎

一

賭場は、神田岸町（かんだきしちょう）の奥まったところにある一軒家だった。

あたりは薄暗くなっていた。

「まったく、博奕（ばくち）打ちってえのはどういう奴らなんだ」

百合郎がいった。

一軒家のまえは二方から入ってこられる細い路地で、家屋は板塀で囲われている。たぶん、裏口からも出入りができるものと思われる。となると、捕り方がどこから踏みこんでも客を逃がせる、というわけだ。

三方から押しこまれれば、床下から逃がすという手がある。

博奕打ちは、おのれの命より、客を逃がすことを優先する。そうでなければ御法度の賭場に客を集めることができない。

「よくこんな家をみつけるもんだ」

路地の入口には、菰を巻いた物乞いが座っていた。見張りだろう。

板塀につけられた扉のまえには、目つきの悪い若者と初老の男が立っていた。初老の男が百合郎の頭の天辺から爪先まで目をやり、ふたたび目を戻して顔をみていたが、やがてうなずいた。

役人や博奕場に害をなす者を見分ける目利きだろうが、平戸新兵衛は、こいつなら入れてもいい、とお墨つきをいただいたようだ。

「お腰のものをおあずかりいたします」

若者がいって手を伸ばした。懐から匕首の柄の先がみえている。故意にみせ、騒ぎを起こしたらただではすまない、と脅しているつもりなのだろう。

「その刀は先祖伝来の家宝だからな、兎の毛ほどの傷でもつけたら、おまえの首は胴からはなれる、そう心得ろ」

と恫喝してから、百合郎は大刀を手わたした。

若者の手がやや震えている。

庭に入ると、屋敷の雨戸はしめきられていて、ひと筋の灯りも洩れていなかった。

「こちらへどうぞ」

塀の外にいた若者とはべつの若者が案内してくれた。

刀をあずけた若者は、木戸門の内側までついてきたが、入口のすぐ脇に敷いてあった筵に数基の刀掛けがあり、そこに刀をおいた。

ほかに刀はなかった。

賭場は部屋の仕切りの襖が取り払われた十二畳ほどの広さで、中央に設えられた盆台にはすでに十四、五人の客が取りついていた。

場から異様な熱気が波のように押し寄せている。

刀の柄を担いでちびりちびりやっていた用心棒が、賭場に入ってきた百合郎にちらりと目をくれ、その目を反対側の隅にいる男に向けた。

男は腕を組み、にこやかな顔つきで場に目を配っていた。

「あいつが安食の辰五郎か」

吉治郎がうなずいた。

辰五郎が賭場に入ってきた百合郎に目を向けた。

色の浅黒い精悍な辰五郎の顔から、にこやかさがすっと消えた。

入口脇には小さな文机のようなものがおかれ、いかにも喧嘩馴れしたような、岩のような体つきの男が銭函の番をしながら座っていた。胡座をかいて褌をみせているが、両側からはみだした熊のような毛が足首までつづいている。

百合郎は文机に一両をおいて駒札に代えてもらい、盆台に向かって座った。

吉治郎がとなりに腰をおろした。

壺振りは両肌をみせていて、両肩から胸にかけて真っ赤な牡丹の刺青がある。

中盆は中年で、落ちついた感じの男だったが、刃物傷で左目を失っていた。

百合郎は駒札を五枚ほど残し、あとを吉治郎のまえに押しやった。

百合郎は、おのれが博奕に弱いことは重々承知していた。

吉治郎にいわせると、

「旦那は、真っ正直で、裏を読むことをなさらねえから……」

だそうだ。が、裏を読んでいるつもりでいるのに、勝てないのだ。

吉治郎は的確に張り、駒札を倍に増やしていたが、百合郎のまえにはすでに一枚の駒札も残っていなかった。

「ついてないようでございますねえ」

いつの間にか辰五郎が背後に立っていて、

「こっちで一杯いかがですかい」

と、誘った。

背丈は百合郎の耳のあたりくらいまでだろうか。細身で、いかにもすばしっこそうな体つきをしていた。

喧嘩で縄張を広げ、のしあがってきたのだろう。

藍海松茶(あいみるちゃ)地に三筋立(みすじだて)の着流しだが、懐に匕首はのんでいないようだ。

吉治郎に声をかけて立ちあがった百合郎は、用心棒にちらっと目をくれてから辰五郎についていった。

用心棒もついてくると思ったのだが、動かなかった。

辰五郎は先ほどまで座っていた場所に胡座をかき、百合郎に座るように促した。

「まあ一杯」

盆に伏せてあった盃(さかずき)を取り、百合郎に差しだした。

百合郎が受け取ると酌(しゃく)をしてくれ、おのれの盃にも酌をして呑んだ。

「形(なり)を変えてまでしておれに会いにきてくださったのだから、その苦労に免じて、話をうかがいましょうか、雁木百合郎の旦那」

辰五郎がさらりといってのけた。

警戒しているようすも、迷惑がっているふうでもない。あえていえば、楽しんでいる。

百合郎は注がれた酒を一気に空け、

「化粧師が骨を折ってくれただけの甲斐はあったということか」

といった。

「その化粧師、かなりいい腕だが、おれはひとの顔を忘れねえ質なので、無駄でございましたね」

「南北両奉行所の定町廻りの顔は、すべて頭に入っているといいたいのか」

「臨時廻りと、ほとんどの岡っ引きも……」

といい、吉治郎のほうにちらっと目を向け、

「奴は信用できる。おれの不利になるようなことをいったりやったりしても、それは仕事柄で、あいつの性根とはべつの話だ」

といった。

百合郎は辰五郎が気に入りはじめていた。情とお勤めを割りきれる奴はそうそ

ういない。

「牢屋同心の大林弥文を知っているか。おめえの賭場に入り浸っていたという話が耳に入ったのだが」

「田代馬之助と名のり、浪人を装ってきてましたね」

「博奕打ち仲間で、大林を怨んでいたような者は」

辰五郎がじっと百合郎の顔をみた。

「風向きが変わったんですかい」

百合郎はなにも答えず、辰五郎の顔をみていた。

辰五郎には左目を薄める癖がある。ものを考えているときそうなるのかもしれない。

「怨んでいる者がいるとすれば、おれでしょうね。三十五両もの貸しを残したまああの世に旅立っちまった。年老いた母親から毟り取るわけにもいかねえし」

といって言葉をきり、

「おれにも年老いた母親がいましたから」

と、話の穂を継いだ。

「では、仲のよかった者は」

「あの用心棒と呑みながら話しているのを幾度かみかけたことがありますが、おれの知ってるかぎり、ほかにはいませんねえ」

　吉治郎がとなりの客となにやら話している。

「大林はどんな奴だ、おめえからみての話だが」

「わずかの隙でもあればそこにつけこんで旨い汁を吸おうとする狡賢い奴。何年かまえに女房子に死なれたとか聞きましたが、それを気にしているようすはありませんでしたね」

「女がいたのか」

「さあ、そこまでは」

「用心棒と話してもいいか」

　辰五郎は立ちあがって用心棒のそばにいった。

　百合郎は吉治郎のそばにいき、

「田代馬之助」

　と囁いてから、辰五郎の横に立った。

「このご浪人さんに、田代馬之助さんのことを話してやってくださいますか、手塚先生」

手塚先生と呼ばれた用心棒は辰五郎の顔をみあげてうなずき、

「あまり詳しくは知らぬぞ」

といったが、雇い主のたのみを無視するわけにはいかないと考えたようで、座るよう顎で促した。

辰五郎は元の場所に戻った。

「なにが聞きたいのだ」

用心棒は四十二、三歳。月代はきちんとあたり、無精髭も伸びていない。落ちつき具合と眼光の鋭さから察するに、かなり遣うようだ。

「田代馬之助を殺したいほど怨んでいるような人物に、心あたりはありませんか」

単刀直入に尋ねた。

「唐丸籠を警護していて殺されたそうだな」

「大林の正体はおみとおしですか」

「博奕場の用心棒をしながら聞き耳を立てていると、さまざまな話が耳に飛びこんでくるのだ。奉行所同心が耳に入れる見聞より、よほど多いのではないかな」

「それならなにかご存じでしょう。大林弥文はだれかに怨まれていませんでしたか」

「怨まれていたかどうかはわからぬが、どこからか金が入ってくるようなことは、聞いたことがある。おのれを大きくみせようとしていたようなので、そのときは大法螺だと思ったのだが、おぬしがやってきたことで、現実味を帯びてきたようだな」

「どこから金が入ってくるか、話していませんでしたか」

「いや、話したなら憶えておるはずだからな」

「自慢げに仄めかすようなことは」

「おのれを大きくみせようと、そればかりに心を砕いているような男だったのはたしかだが、おのれの利益をひとには決して分け与えぬのも、またあの男の性分だった。わしにいわせれば、下種な野郎だよ」

といって手塚は百合郎に目を向け、しばらく顔色を窺うような目でみていたが、やがて、

「その金蔓に殺された、とみておるのか」

といった。

「さまざまな見通しを探っている……ってやつでございますよ。本音をいえば、

盗人の頭、阿字の蔵三を殺させた黒幕の手掛かりがまったくつかめねえもんですから、殺されたもう一人のほうもあたってみようか……と」

「護衛の牢屋同心は一人だったのかね」

「ええ、大林だけ。なぜですか」

「いや、牢屋同心がもう一人いて、その者が生き残っておれば、刺客を雇ったのはそいつとも考えられる、と思ったまでの話だ。仲間内の怨みごとが募っていたのかもしれぬからな」

「なるほど……」

「ひとはどこで怨みを買うかわからぬ」

「大林とはほかにどのような話を」

「用心棒でいくら稼げるのだとか、博奕に勝つ方法はないかとか、壺振りの癖を教えてくれとか、そんな、どうやったら博奕で稼げるかの話ばかりだったと憶えておるが」

「女の話は出ませんでしたか。馴染みの呑み屋とか……」

「博奕に取り憑かれておったようだから、女などは眼中になかったのではないかな」

「浪人の格好できていたのなら、着替える場所があったはずなんですが、その話もなしですかい」

どこかの旅籠のひと部屋を借りうけ、そこで着替えていたのだろうが、その旅籠がわかれば、たぶん馴染みだろうからなにか聞けるかもしれない。

「そうか、着替える場所か。なるほど、そこまでは考えなかったな。いや、役人というのは、細かいところまで目を配るものだな。実におもしろい」

手塚はしきりに感心したが、百合郎はどこか話をはぐらかされているような苛立ちも覚え、話しているうちに、この男、とんだ食わせものかもしれない、と警戒するようになっていた。

まさか、この男が大林弥文を殺したのか、とも思ったが、仮にそうだとしても手証はない。

「大林弥文を斬り殺したのはあんたか」

聞いてみた。

「なぜそう思うのだ」

「唐丸籠の護送中に襲われたことを知っていた」

手塚は薄笑いを浮かべ、

「ここの客のほとんどはそのことを知っておる。だれでもいいからつかまえて聞いてみろ。瓦版（かわらばん）でも大きく扱われておったからな」

たしかに瓦版でも大きく扱われたが、それは大林弥文という牢屋同心が、悪党を護（まも）ろうとして惨殺された美談で、田代馬之助の名はどこにも出ていない。

「あんたがいい触らしたのかもしれねえ」

「それなら、すっかり忘れている」

また薄笑いを浮かべた。

「あんたがやったのなら、いまから覚悟をしておくことだ」

「手証をつかんだら、またくるがいい。わたしはここにいる、逃げはせぬ。名は手塚四十郎（しじゅうろう）だ」

百合郎はむしゃくしゃしながら立ちあがった。

こういうのらりくらりした奴はどうも苦手だ。

「吉治郎」

呼ばれた吉治郎が駒札を集め、両手に抱えてやってきた。

駒札を金に換えると、二両二分と少々あった。

吉治郎は一両と二分銀を手に取り、あとは押し返した。

「若い者に一杯呑ませてやってくれ」

辰五郎の信頼を得ているのは、吉治郎のこういうところだろう。

「こいつはどうも……」

岩のような男が礼をいったが表情は変わらず、目が据わっていた。

庭に出ると、あたりはすっかり暗くなっていた。

門扉のところにはまだ初老の男と若い男が立って張り番をしていた。

百合郎をみると、若い男が刀掛けから刀を取りあげ、返した。

楽しませてもらった、と吉治郎がいいながら、若い男に二分銀を握らせた。

「恐れ入りやす」

二

路地から表通りに出ると、吉治郎が稼いだ一両小判を差しだした。

「取っとけ、おまえが稼いだ金だ」

「元は旦那の懐から出てますんで」

「遠慮するな。あるお店のたのまれごとを片づけたのでな、いまは懐が温けえのだ」

「潮屋」は鰹節問屋だが、地廻りが見ケ〆料をだせ、といってきているのだという。

百合郎はたのまれ、地廻りをちょいと締めてやったのだ。

百合郎は、数件の豪商と旗本屋敷に出入りを許されている。表沙汰になれば不名誉なできごとを裏で揉み消すために賂ももらっているが、定町廻り同心で、出入り屋敷のない者はいない。もしもそのような者がいたら、

「おれは仕事ができない」

と喧伝しているようなものだ。

とはいえ、やはり賂が絡むとなれば、出入り先を公にはできない。

「それじゃあ、遠慮なく」

往還の東側は武家屋敷だが、岸町のならび、紺屋町の角に赤提灯が揺れていた。

「腹が減っただろう。飯でも食いながら話そうぜ」

職人や地元のお店者などで半分ほどの席が埋まっていた。遊び人ふうの若者が二人呑んでいたが、平戸新兵衛に変装した百合郎をみると、そそくさと席を立ち、

舌代も払わずに出ていった。

見送った店の主が、

「ちっ……」

舌打ちするのが聞こえた。

「待っててくれ」

百合郎が立ちあがり、二人の遊び人を追った。

余計なお世話、だと思ったが、こういうのをみると、放ってはおけないのが百合郎の性分だった。

吉治郎は、またはじまったか、というような顔つきでついてきて縄暖簾を分け、そこに立ちどまってみていた。

三

遊び人二人は、北に向かって歩いていた。

「待て」

急ぎ足で追いついた百合郎が呼びとめた。

「なんか用か、ご浪人」

振り向いた小太りがいった。右手を懐に入れているのは、匕首の柄を握っているからだろう。

「あの店はおれの母の弟がやっている、だから二度と近づくな。というか、この近辺でみかけたら、ただじゃすませぬ。わかったらいっていいぞ」

「ただじゃすませぬって、どうするんだ」

小太りが匕首を引き抜いた。

「怪我をしないうちに、とっとと消えろ」

人足のようながっしりした体つきの男がいった。喧嘩馴れしているようで、態度がでかい。背丈も、大男といわれる百合郎とほぼ変わらない。

「母は達者か」

「知るか、どっかの男でも咥えこんでるんじゃねえのか」

「おまえは」

小太りに百合郎が問うた。

「料理屋で働いている。女中頭に扱き使われて惨めなもんだぜ」

「わかった。引き留めて悪かった。もういい、いけ」

「あの店にまたいってもいいんだな」

小太りがいった。

「それは駄目だが、おまえたちに傷を負わせたくは……」

いい終わらないうちに百合郎は、二人の遊び人の目にもとまらぬ速さで刀を抜き、二度振った。

浪人の手が動いた、と二人がみたとき、百合郎はすでに納刀していた。

「……ないし、母親を泣かせるのはおれの性にあわねえ。が、腕はみせておく」

というと、小太りの肩を叩き、背の高い男の胸をとんとついた。途端、ふたつに斬られた帯がはらっと落ちて、小袖（こそで）の懐がぱっくりと口をあけた。

「次にみかけたとき地面に落ちるのは、てめえらの腕か脚だぞ」

というと百合郎は踵（きびす）を返し、店に入っていった。

残された二人の体は固まり、動けなかったが、百合郎の姿が店に消えてしばらくすると、

「わああっ……」

と悲鳴をあげ、木偶（でく）人形のような、ぎこちない足どりで逃げだした。

四

「田代馬之助のことを知ってる客はいたか」

　百合郎が聞いた。

　食卓にはすでに、鹿の肉を甘辛く煮たものと野菜の煮つけ、烏賊刺しなどがならんでいた。二合入りの銚釐も二本あった。

「田代馬之助の正体が殺された牢屋同心だと知っていたようで、口が堅うございましてね」

　吉治郎が酌をした。

「口元が笑ってるぞ」

「かないませんねえ……ええ、客の一人が、女郎屋から出てくる馬之助をみたことがあると、駒札五枚で口をひらいてくれました。半月ほどまえのことで、はっきりした日づけは憶えてねえそうです」

「場所も忘れたのか」

「いえ、それは憶えていました。浅草田原町の『天城屋』という女郎屋だそうです。これからいってみますかい」

「女郎の稼ぎどきを邪魔するのも気が引けるな。まあ、そう急ぐことでもねえ。明日にしようぜ」

そろそろ五つ半になろうとしていた。

「では両国へ」

「いや、きょうはこのまま屋敷に戻る。父を驚かせたいのだ」

とはいったが、本気で驚かせたいのは、お江依だ。しかしお江依のことは、吉治郎の耳には入れていない。

お江依の父、三左衛門の捜索をたのんだときにも、狙われたお江依の居処を知られたくなくて話さなかったのだ。

五

お江依を驚かそうと思って帰ってきた百合郎を出迎えたのは、若い男だった。

百合郎をみたその男は、

「賊（ぞく）が押し入ってきた」

と叫びながら台所に駆けこみ、柳刃包丁を手に戻ってきた。

「近づくと殺す」

大声で叫んだ。

奥から父の彦兵衛が大刀を手に飛びだしてきて、刀を抜くまえに百合郎をみた。

母も、父の背後にいて百合郎に目をやっていた。

「百合郎どの……その格好は……」

母がまず叫んだ。

ついで父が、

「驚かせるな百合郎、斬るところだぞ」

と安堵の声でいった。

だが若い男は両手で持った柳刃包丁を突きだしたまま、信じられない、という顔で突っ立っている。だが、

「百合郎さま……」

不審そうな顔で呟いた。

百合郎には、おのれを「さま」づけで呼ぶ若者には心あたりがなかった。が、若い男が身につけている小袖がおのれのものだと気がついた。

「おれの……」

その途端、

「あ……」

気づいた。

「まさか……」

若い男とみたのは、髪を短く切って小さな髷を結っている、

「お江依か……」

お江依にまちがいなかった。

「なんだその格好は」

お江依がかまえていた柳刃包丁をおろし、へへ、と照れ笑いを浮かべた。

「なに、おれに、岡っ引きの手形をくれだと」

百合郎が湯に浸かり、変装を落として居間にいくと、お江依と父、母も待っていて、

「百合郎さま、わたしは男に変装して、岡っ引きになります。そこでお願いです。手形をください」

と、さらりといってのけたのだ。

父も、

「三左衛門を襲った賊たちがいつお縄になるかわからないのに、お江依をずっとこの屋敷に閉じこめておくわけにもいかぬだろう」

と、仕方なさそうにいった。

「百合郎どのもすぐにはお江依と気づかなかったのですから、疑うひとなどいないのではないかしらね」

母も後押しするようにいった。口元は引き締まっているが、目は笑っている。

どうやら、百合郎のいないあいだに長い話しあいがもたれ、決着がついていたようだ。

「男に変装するといっても、中身は女なんだぞ。方々で不都合が生じるだろう」

「赤ちゃんができる以外はべつに不都合などありません。わたしは赤ちゃんができるようなことはしませんから」

「忠蔵屋の竹次郎のことをいっているのか」

竹次郎は、蕎麦屋『忠蔵屋』に男として奉公していたのだが、昨年の八月末、急に腹が痛くなり、そのまま男児を出産して女だとわかった。十三歳のころ両親が死に、八王子の宿屋に奉公に出たらしいのだが、あまりに辛くてそこを逃げだし、忠蔵屋に男として奉公していた、という話だ。瓦版で話題になったが、赤子の父親がだれだかは、あきらかになっていない。

「男だと思わせれば、男でとおります。手札をください」

お江依は両手をつき、深々と頭をさげた。

たしかに形は男だが、声は甲高く、生き人形のように美しい。

「なにかあったときは、おまえが庇ってやればよいではないか。わしもな、この格好で相談されたときには驚いたし反対もしたのだが、お江依は頭もいいし勘も鋭い。なにかと突っ走るおまえには、ぴったりの岡っ引きかもしれない、と思い直したのだ」

「こんなことが奉行所に知られでもしたら、次のお抱えはありませんよ。わたしはともかく、父上と母上はその歳で路頭に迷うことになるのですが、それでもよろしいのですか」

同心は一年の契約役人のようなもので、なにごともなければ次の年もまちがいなく抱えてもらえるが、不都合が生じれば拝領屋敷は追われ、浪人にならざるをえない。

「ま、どうにかなるだろう」

母のひでは、諦めたような顔をして首をかしげている。

母は、父のいうがままになっているようで案外肚は太く、うまく父を操っているようなところもある。

お江依が岡っ引きになれるように百合郎を説得してくれ、と父にたのんだのは母かもしれない。

「まったく……なんてことだ」

百合郎は大きな溜息を吐いた。

「その髪をやったのは安造か」

廻り髪結いの安造がやったのなら、お江依の変装がだれかにばれるのではないか、と心配する必要はない。安造は口が堅く、客に関わることは決して口外しない髪結いとして、信頼を勝ち得ている。

「手札をいただけるのですね」

「いや、いま手札をやるつもりはねえ。三か月のあいだは岡っ引き見習いで、吉治郎についていろ。三か月たち、吉治郎が、手札をやってもいい、と認めたら手札をやる」

お江依はちょっぴり悔しそうな顔をしたが、

「ありがとうございます」

といって両手をついた。

どうせ半月もしないうちに根をあげるだろうと、百合郎は高を括っていた。

「言葉にも気をつけろ。女言葉を直せ……それはいいけど、名はどうするつもりなのだ。お江依ではなあ」

「江依太ではいかがでしょう」

「決めてたのか。ちっ、おれも甘くみられたもんだぜ」

といって百合郎は立ちあがり、

「明日は早えから、もう寝ろ」

といって自室に引きあげた。

第三章　見習い岡っ引き江依太

一

次の日。

目覚めると、どうやって自室に戻り、寝巻きに着替えたのか、まったく憶えていなかった。

よほど動揺していたようだ。

廻り髪結いの安造がきて、縁側で待っていた。

百合郎は月代（さかやき）を剃（そ）ってもらいながら、

「あいつの髪も、整えてやってくれ」

と、それだけいった。

「心得ました」

安造もそう答えただけであった。

百合郎のうしろから出てきた江依太をみて、木戸門まえにいた吉治郎が怪訝な顔をした。

江依太が背中に風呂敷包みを背負っていたからだろうか、それとも、女のような顔をしていたからか。

百合郎は、ここでことが露見したならそれはそれでいい、と思いながら吉治郎の顔をみていたが、吉治郎は、だれですかい、というような顔で百合郎をみた。

「こいつは江依太といってな、甥っ子だ。少々悪い仲間ができたので、おれが引き取って岡っ引き見習いをやらせることにした。めんどうをみてやってくれ」

江依太の生いたちは、お江依自らが昨晩のうちに作りあげていた。

「江依太といいます。よろしくお引きまわしのほどを」

声を落としている。

吉治郎は江依太にちらっと目をくれ、

「一日十里を歩けるように足腰を鍛えな」

と素っ気なくいった。が、突き放したようないいかたではなく、情はこもっていた。

「はい」

江依太は素直に頭をさげた。


奉行所に出仕届けをだし、筆頭同心の川添孫左衛門に報告をすませた百合郎は、途中で角樽をひとつ買い求め、両国広小路の『鈴成座』に向かった。

番人にとおされて部屋にいくと、直次郎は朝飯を食っていた。

昼の部に出演する役者の顔を作るまで、半刻ほど暇があるのだといった。

「約束のものだ」

提げてきた角樽を百合郎が差しだすと、直次郎はあまり嬉しそうな顔もせずに受け取り、あずけてあった脇差と、着替えた小袖、羽織をだしてきてくれた。

百合郎は江依太に背負わせていた風呂敷をほどいた。

包んであった浪人の衣装を返し、あずけてあった小袖と羽織を包んでふたたび江依太に背負わせた。

風呂敷を包む江依太に目をやっていた直次郎が、

「新入りか」

と聞いた。

百合郎は、木戸門まえで吉治郎に話したことを繰り返した。

直次郎は興味深そうな顔をしていたが、

「こいつと二人で話がしたい」

といって百合郎を追いだした。

吉治郎は外にいて、番人と世間話をしながら近ごろの両国広小路のようすを聞いていた。

話す相手にとっては雑談かもしれないが、吉治郎はそういう話を細かくつなぎあわせ、裏に潜むなにかを探りあてるのが得意なのだ。

「見習いは」

一人で出てきた百合郎をみて、吉治郎が聞いた。

「直次郎がなにか話があるとかいって、引き留めた」

吉治郎はなにか考えこんだが、なにもいわなかった。

二

「ちょっと顔を貸せ」

直次郎が江依太に向かっていった。

ためらっている江依太に、

「押したおそうなどとは思ってねえから安心しな」

と笑いながらいった。

直次郎は面相筆を手に取ると、貝殻に入った練り墨のようなものを筆先につけ、江依太の眉毛を丹念に濃くした。

「これで随分人相が変わる。それから、もう少し痩せ、陽にあたって肌を焼け」

江依太は、このお方には見抜かれていると思った。が、おまえは女だろう、とはひとこともいわないのが気に入った。

「これを持っていけ。朝、眉を作るんだぞ。だがけっして大げさにはするな。ほんのちょいと濃くするだけだ。汗くらいでは落ちねえから」

貝殻の練り墨と面相筆をくれたあと、背を向けてふたたび飯を食いはじめた。

江依太は深々と腰を折り、小屋の外に出ていった。

「なんの話だった」

百合郎が聞いた。

「役者にならねえかって、誘われました」

「それはいいな」

「ご冗談でしょう、雁木さま。おいら、岡っ引きになるって決めましたから」

「おれのことは、旦那と呼べ、いいな」

「へい、旦那」

百合郎は、江依太の眉がやや濃くなっているのに気づいた。

化粧師の眼力が江依太は女だと気づき、なにか忠告してくれたのにちがいない

が、百合郎はなにもいわなかった。

「角樽をもうひとつだな」

「なんの話ですかい」

吉治郎が聞いた。

「気にするな、独りごとだ」

三

田代馬之助こと、牢屋同心の大林弥文が出てくるところをみられたのは、浅草田原町の女郎屋、『天城屋』だったという。

田原町は浅草寺門前広小路に面していて賑やかだが、裏通りの一画には七、八軒の女郎屋が軒を連ねている。

午まえということもあって通りはひっそりとしているが、地廻りか、女郎屋の用心棒を思わせる男が一人、ぶらりぶらりと歩いていた。

着流しの町人だが、懐に得物をのんでいるのはすぐわかる。

相手も百合郎を役人とみてとったようで、なにもいわずに脇をとおりすぎた。

白と黒の斑猫が、軒下にうずくまり、ぬくぬくと眠っている。

角から三軒目に軒づけの四角い行燈看板が設えてあって、『天城屋』と書いてあった。

玄関脇のひと抱えもありそうな素焼きの鉢に南天が植えてあり、赤い葉の新芽が吹きだしていた。

暖簾はまだ出ていない。

錠か心張り棒が掛かっているだろうと考えながら百合郎が格子戸に手をかけると、思いがけず、からからと気持ちのいい音を立ててあいた。

百合郎と吉治郎が顔をみあわせた。

「だれかいるかい」

吉治郎が玄関に立ち、声をかけた。

玄関先の板張りは三畳ほどで、二階へあがる階段が作りつけになっていた。

暗い廊下は左と奥に延びている。

ひんやりした空気が漂うなかに、線香のようなにおいが混じっていた。

「はい……」

しんとしたなかから、やけに澄んだ声が聞こえた。かと思うと、足袋で廊下を摺るような足音がし、中年の女が現れた。

細面の美しい顔立ちだが、驚くほど多い髪が顔をますます小さくみせている。

「なにか」

女は百合郎を役人とみてとったようで、ややたじろいだようすで尋ね、江依太に目を向けた。そのあと、頭をかしげて背負っている風呂敷包みに目を移した。

頭が横に落ちるのではないか、と考えた百合郎は、思わず手を差し伸べそうになった。だが女は、重い頭をひょいと持ちあげるようにして立て直した。馴（な）れていて、そうやって立て直したことを本人も気づいていないようだ。

「この『天城屋』から、田代馬之助という浪人が出てくるのをみた者がいるのだが、田代馬之助を知ってるかね」

女は表情を隠そうと必死になっているように、百合郎にはみえた。

「さあ……こういうところでは名をおっしゃるお客さまは少のうございますから。名のられても、ほんとうの名かどうかもわかりませんし……」

名を名のる客は少ない、というのはわかる。だが名のられてもほんとうの名かどうかはわからない、というのはよけいだ。

「つまり、ほんとうの名かどうかはわからねえが、田代馬之助と名のった客には心あたりがある、というわけか」

江依太が問うた。

百合郎と吉治郎が顔をみあわせた。

「おれたちは、田代馬之助がほんとうの名かどうかを聞きにきたわけじゃねえんだ。田代馬之助はここの客なんだな」

江依太が重ねて尋ねた。

いつの間に身につけたのか、いかにも岡っ引きらしい話し方に百合郎も舌を巻いた。

「知りません」

女が意地になっていった。

こんな若僧に詰め寄られて、負けてたまるか、という顔だ。

「田代馬之助は死んだ。というより、殺されたのだ。田代のことを話しても、だれにも迷惑はかからねえ」

百合郎がいった。

「殺された……だれに」

「おれたちは、その、だれを捜しているのだ。『天城屋』にはいっさい迷惑はかけねえ。知ってることがあったら、話してくれねえか」

女は迷っているふうだった。

「いま話して奉行所に恩を売っておけば、将来、恩恵を蒙る(こうむ)だろうか、と考えているのなら、蒙る、蒙る。警動(けいどう)がかかったとき、この見世だけはほどよく塩梅(あんばい)してやる」

江依太がいうとほぼ同時に、百合郎が江依太の頭をひっぱたいた。

「てっ……」

江依太が頭を押さえて百合郎を睨（にら）んだが、百合郎は取りあわず、

「そろそろ決心をつけてもらおうか」

といった。

「おあがりください」

女はあまり表情を変えず、先に立って階段をあがりはじめた。

「おまえはここで待って……」

と、百合郎は江依太にいいかけ、

「まあいいか、ついてこい」

と呟（つぶや）いて女のあとにつづいた。

百合郎と江依太を先にあがらせた吉治郎が渋い顔をして路地に顔をだし、左右に目を配った。それから格子戸をしめ、階段をあがっていった。

階段の途中で、江依太が待っていて、

「なぜ外をみたんですかい」

と聞いた。

「さっき擦れちがった地廻りのような奴が気になったのだ。仲間を集めていいがかりでもつけてくるとめんどうだからな」

町方役人の刀は刃引きしてある。それを知っている莫迦がからかい半分で因縁をつけ、憂さ晴らしすることも少なくないのだ。

「なるほど……」

感心すると、江依太はどたどたと音を立てながら階段をあがっていった。

二階は、女に案内してもらわなければ迷いそうなほど細い廊下が入り組んでいて暗かった。灯りもともっていない。

火事になったら逃げ遅れる客もいるのではないか、と百合郎は心配になったが、そのことには触れなかった。

ある部屋のまえで立ちどまった女が、

「ここですよ。名はお比紗」

というと、さっさと引き返していった。だが江依太と擦れちがうとき、睨みつけた。江依太は女の不興を買ったようだ。

吉原の遊女の部屋のまえには、位によって二段重ね、三段重ねの草履がおいてあるが、ここにはそんなものはなかった。

「邪魔するぜ」

百合郎が声をかけて襖をあけた。刹那、汗と化粧だけではなく、ほかにもなにか得体の知れないものの混じったにおいが漂い出た。

百合郎は思わず袖で鼻を押さえたが、窓はどこにもない。

行燈の灯はともっていたが、半分を真っ赤な腰巻きが覆っていて薄赤い。

部屋は四畳半で、鴨居から牡丹模様の小袖がぶらさがっている。

昨夜の客が呑み残していったのか、お比紗が寝るまえに呑んだのか、盆に二合入りの銚子と小ぶりの湯呑みがのっていた。

枕元には小さな枕屏風が立てかけてある。

枕は箱枕だが、ほかにはなにもない。

お比紗は煎餅布団に潜りこんでいて、顔だけあげて部屋に入ってきた百合郎たちに虚ろな目を向けた。二十四、五にみえるが、実際はもっと若いのかもしれない。こういう場所の女は、歳を取るのも死ぬのも早い。

「三人いっぺんに相手はできないよ」

とお比紗はいいながら、素早く三人の顔をみまわし、江依太の顔に目をとめた。

「筆おろしに父親と兄がついてきたっていう図だね」

江依太は無表情でみていた。

「ふん、蔑んだ目でみるんじゃないよ」

といったが、江依太には蔑みの表情は微塵もなかった。

お比紗は百合郎に目を戻し、じっと顔をみていたが、

「小銀杏に羽織ってことは、お町の旦那と親分に下っ引きか。話すことなんかないよ」

といって布団をかぶった。

「そういわずに、起きなくてもいいから、顔はだしてくれ」

吉治郎がいった。

「布団をかぶってたって聞こえてるよ」

「では尋ねるが、田代馬之助という客がいるそうだな。知っていることを教えてくれ」

百合郎が聞いた。

「小ぶりの魔羅で、目合いより尺八が好きだね。知ってるのはそれだけだ」

江依太は堂々としていた。わかっていて表情ひとつ変えないのなら大したもの

だが、話の内容がわかっていないとも考えられる。

どちらにせよ、

「岡っ引きなどもう厭だ」

といって元の女に戻ってくれればそれに越したことはない。外で待たせずに、部屋まで連れてきた百合郎の狙いもそれであった。

「寂しい男は、寝物語でいろいろ話すものだが、田代馬之助はなにか話さなかったかね。どんな小さなことでも知りたいのだが」

吉治郎がいった。

「どうして寂しい男ってわかるんだね」

「何年かまえ、女房子を流行病で亡くしたって教えてくれた者がいたのだ。年老いた母親との二人暮らしでは、寂しかったのではないか、と思ったまでのことだがな」

「殺されたのは知ってたのか。『おひさ』といったのが末期の言葉だったというぞ。それであんたに話を聞きにきたのだ」

末期の言葉など聞いていないはずの江依太が、すました顔でいった。

お比紗が、がばっと跳ね起きた。

「殺されたのかい、ほんとに……」

起きたときに襟から零れた大きな乳房を寝巻きで包みこみながら、江依太に顔を向けている。

布団が剝がれて、またあのにおいに襲われた。汗と小便を洗面桶に入れて腐らせたようなにおいだった。

「あんたがなにもかも話してくれねえと、下手人を縛っ引くことができねえんだ。末期の言葉があんたの名だったんだぞ。あんたはどうだったかは知らねえが、田代はあんたに惚れこんでたんじゃねえのか。仇を討ってやりたいとは思わねえのか。あんた、そんな薄情者か」

江依太が一気にいった。

こいつ、とんでもねえ奴だと百合郎は思いながら江依太をみていた。

吉治郎は啞然とした顔をしている。

お比紗が泣きだした。

百合郎も吉治郎も、泣かせた江依太も、なにもいわずに泣かせておいた。

やがてお比紗が泣きやみ、寝巻きの袖で涙を拭ったあと、鼻をかんだ。

「わたしは越後から売られてきたんですけどね。父は蛇に咬まれ、高熱をだして死んだらしいのですが、こういう商いだから会いにいくこともできなくて、母は、庄屋屋敷の奉公人をかねて妾奉公までしてるらしくて……妹も宿場女郎に売られ、兄も病で死んだらしくて……一人ぼっち……」

といって言葉をきり、薄笑いを浮かべたが、

「死ぬときわたしの名を呼んでくれたひとがいたとはねえ……もっとも、親がつけてくれた名は『いね』というのですけど……あいつは知らないし」

江依太がうつむいた。

「馬之助さんのことでしたね。あれはいつだったか……そちらの親分さんがおっしゃったように、寝物語にふと、呟いたんですよ」

「おまえ、おれの女房にならないか」

田代馬之助が腹這いになり、煙草を吸いながらいった。

「なに寝言いってんのさ。わたしにはまた五年の年季奉公が残ってるんだよ」

馬之助は灰吹きに吸い殻を落とし、煙管を放り投げて横向きになった。素っ裸で、腹の出かかった体に胸毛が生えていた。

「五十両もあれば、こと足りるだろう」

「五十両って、大金じゃないか。浪人のおまえさんに工面ができるのかい。まさか、押しこみでもやろうってんじゃないだろうね」

「そんな危ない橋をわたるつもりはねえよ。いい金蔓をつかんだのだ。まあ女郎買いにはこの形でくるが、おれの正体は旗本だから、二百両や三百両の金なら右から左に動かせるが……な」

お比紗は、二百両や三百両の金が右から左に動かせる旗本が、いい金蔓とはお笑い種だと思ったが、そんなことはおくびにもださず、

「金蔓って」

と、甘ったるく尋ねた。

馬之助は笑い、また腹這いになって煙管に煙草を詰め、火をつけた。

深々と吸いこみ、ふうっと煙を吐きだすと、

「馴染みの客に話すんじゃねえぞ」

といって得意気に笑った。

「どんな話だったのだ」

百合郎が意気込んで尋ねた。

「詳しく話してくれたわけじゃないんですけどね。わたしも話半分に聞いていたし。そんな客はよくいるんですよ。金には不自由してないように思わせようとして、嘘八百をならべたてるのがね」

「田代馬之助もそれほど正直者には思えなかったのだな」

江依太がいった。

お比紗が江依太に顔を向けた。

「あんた、馬さんを知ってたのかい」

「いや、なぜだ」

「正直者には思えないっていうからさ。いや、たしかにそうなんですよ。浪人の形はしてましたけどね、ときどき、わざとらしく、旗本の暮らしも窮屈でいかん、などと、いかにもおのれが旗本の殿さまであるかのように、ちらっと洩らしたりしてさ。なんか胡散臭かったのですよ」

「金離れはどうだったのだ」

吉治郎が聞いた。

「それはよかったですよ。値切ることも、踏みたおすようなこともありませんでしたしね。もっとも、おのれが旗本で、隠れ遊びをしていると信じこませようとするなら、けちくさいことはできやしませんけどね」

「馬之助の寝物語のつづきを聞かせてくれ。金蔓がだれか、突きとめられそうな話は出なかったかね」

お比紗は煙草に火をつけ、煙を吐きだしながら考えていたが、やがて、

「どこといったかなあ……それともいわなかったのか……いや、いったような気もしますがねえ……」

といって天井に目を向けた。

天井は薄っぺらい板張りで、大工の腕が悪かったのか手の跡が滲みだしていた。

「ちょっと待ってくださいよ。客の話はできるだけ忘れるように生きてきたんですよ。女将さんがいうにはね、ここは夢の国だから、客のいうことはすべて信じて喜ばせるんだよ。客が帰ったら、すぐ忘れればいいからと、ここに売られてきた十三のときからいわれつづけてきましたから」

お比紗は長い煙管の雁首を灰吹きの角にとんとんとぶつけて吸い殻を落とし、吸い口のほうで背中を掻いた。

「旗本絡みの話かい」

お比紗が聞いた。

田代馬之助が苦笑いを浮かべた。

「いまどき大金を蓄えているのは、商人だよ。旗本なんぞ、体面を保つだけで汲々としている」

二百両や三百両の金は右から左だといった舌の根の乾かぬうちに、旗本は貧乏だといっている。

だから信用できないんだよ、とお比紗は思ったが、それを口にするほど初心でもない。

「このあたりの女郎屋にあがった話は聞かないけど、豪商ってのはそんなにすごいのかい」

「と……なんぞ……大名を……」

「と……」

お比紗が叫んだ。

「『と』なんとかといって、たぶん大店の名だとは思いますが、その大店は大名まで動かしている、といったんですよ、馬さん」

「と……なんだ。豊嶋屋か戸田屋か、冨田屋……」

百合郎がいった。

「なんという大名だ」

吉治郎が聞いた。

お比紗は口をへの字にして考えこんだが、うーんと唸るだけで、『と』、のあとの言葉は思いだせないようであった。

大名の名も憶えていないという。

「村にいるときは、頭がいいっていわれてたんですよ。でも、この商売をするようになって頭が悪くなったみたいですね」

お比紗は悲しそうな顔で照れ笑いを浮かべた。

「馬之助のことでなにか思いだしたら、知らせてくれ。おれは、南の定町廻りで、雁木百合郎だ」

百合郎の顔をみたお比紗が、笑いを堪えた。

鬼瓦のような顔に、百合郎という名が不釣りあいで、おかしかったようだ。

「それに比べて……」

お比紗が江依太に向かっていった。

「あんた生き人形みたいだねぇ。生き人形と鬼瓦、奇妙な取りあわせだねえ」

百合郎を愚弄(ぐろう)しているなどとは露(つゆ)ほども考えていないようだ。

百合郎が立ちあがり、部屋を出ていくと、吉治郎もつづいたが、江依太は風呂敷包みを背負うのにぐずぐずしていた。

背負いながら、お比紗を睨みつけた江依太は、

「万にひとつ、金蔓のことを思いだしたとしても、脅迫などするんじゃねえぞ。そんなことをすれば、生きてはいられねえだろうからな。相手を甘くみるな」

といい残してから部屋をあとにした。

迷路のような廊下だったが、江依太が迷うようなことはなかった。

四

天城屋の外に出ると、江依太は、

「くそっ」

と叫び、南天が植えられている鉢を蹴飛ばした。

吉治郎は、お比紗に嘘をいったことを気に病んでいるのだろうと察したが、嘘

を吐いて相手から話を引きだすのも、岡っ引きのひとつの技巧だ。そんなことをいちいち気に病んでいたら、岡っ引きなどやっていられない。

百合郎は暗い顔をし、表通りに向かって路地を歩きはじめた。

百合郎は嘘が嫌いだった。江依太が、いや、お江依が平気で嘘を吐くようになるのは許せない、頭のどこかでそう考えていた。

「『と』……だけでは、手掛かりにはなりませんねえ」

路地を歩きながら、吉治郎がいった。

「しかも、『と』、なんとかが金蔓とはかぎりませんし。話の流れでだした屋号かもわかりません」

江依太は、お比紗がなにかを隠しているのではないか、と思っていたが、ただの勘働きで手証はない。

いわば、女の勘だ。だから、部屋を出るとき、脅しをかけておいたのだ。

「江戸買物独案内で『と』のつくお店をあたってみるか」

百合郎がいった。

「天城屋に張りついていたほうがいいんじゃありませんかね」

江依太がいった。

「張りついてどうするのだ」

「お比紗が金蔓の名を思いついたら、大林さまの後釜に座ろうとするかもしれません」

「後釜に座るったって、女郎じゃ座りようがねえだろう」

「天城屋の若い衆に文をもたせ、金蔓のお店に投げ文をするというのはどうですかね」

「そこまではわかるが、金の受けわたしはどうするのだ。でえいち、お比紗は文字が書けるのか」

「枕屏風に書いてあったのは意味をなしていない仮名文字だったので、お比紗の手習いではないか、と」

　百合郎はにおいに気を取られて、枕屏風に書いてある文字までは読んでいなかった。

　吉治郎に目を向けると、岡っ引きも首を振った。

「お比紗が仮名文字を書けるとしよう。脅迫文に相手がのったとしよう。金を出すつもりになったとしよう。そのあとはどうするのだ。金はどうやって受け取る。たのまれた若い衆が、指定の場所にのこのこ出ていけば、殺されるぞ。まあ、百歩譲って、殺されるだけならいいが、拷問にかけられて、脅迫文を書いた者はだれか、白状させられたら、お比紗もただではすまぬ」

「金の受けわたしの方法はまだ思いつきませんが、お比紗にはたっぷり時がありますし、お比紗は、頭もいいと、あっしはみましたがねえ」

「なかなか鋭いが、お比紗が大林の旦那の後釜に座るとして、金蔓に脅迫文をだすのがいつになるのか。二、三日うちならおれの息のかかった連中でも張りこめるだろうが、これが、ほとぼりが冷めたひと月あととか、半年あととかになると、張りこみつづけるだけの人員も、経費もねえし、地廻りに気づかれないようにするだけでも至難の業だ」

天城屋を見張るとなると、天城屋の裏口と玄関、二箇所がみえる場所に部屋を借りなければならないが、このあたりの店は、地廻りの息がかかっていて、岡っ引きが十手をひけらかし、

「しばらく二階を借りる」

などといえば、すぐ地廻りに話が伝わる。

岡っ引きとわからないように二階を借りるのは、「二階貸します」の木札がぶらさがってでもいないかぎり、不可能に近い。

そんなに都合よく「二階貸します」の木札がぶらさがっているとは考えられない。

江依太は、うなずいて納得するしかなかった。

頭のなかで思いついたことがそのとおりにならないのは世の常だ。

わたしが天城屋に女中として潜りこみ、お比紗に張りつきます、というわけにもいかない。

江依太はいちど振り向いて天城屋の二階をみあげ、歩きはじめた百合郎と吉治郎についていった。

「江戸買物独案内にあたるまえに、気が滅入ることを片づけなければならないな」

吉治郎はすぐ理解したようだが、江依太には百合郎がなにをいっているのかわからなかった。

「気が滅入ることってなんですか」

「大林の旦那の母親から話を聞いておくことだよ。大林の旦那が殺された理由か、強請っていた相手を知っているかもしれねえだろう」

五

大林弥文の住まいは米沢町にあった。

幕府からの拝領屋敷なので、百合郎の住まいとあまり変わらず、木戸門がついている。ただ、百合郎の屋敷にはない見越しの松が、塀の外に伸びていた。

木戸門をあけ、

「ごめん」

と声をかけ、しばらく待ったが返辞はなかった。

小さな庭があり、雑草が伸びていた。大林が死んだあと、手入れもされていないようだ。

飛石を玄関までいき、ふたたび声をかけた。

ひとり暮らしに耐えきれず、親戚の家にでもいっているのか、と考え、諦めかけたころ、戸があいた。

初老で小柄な女が眩しそうに目をしばたたかせて百合郎をみあげ、ややはなれて背後に立っていた吉治郎と江依太に目を移した。だが、なにもいわなかった。

手入れをしたのはいつだろうか、というような髪をしていて、痩せ細った顔に隈ができていた。しかし気品のようなものは残っていた。

「ご子息のことで話をお伺いにきたのですが……」

百合郎がいうと、

「なにも話すことはございません」

とだけいい、戸をしめた。

戸をこじあけて屋敷に入るわけにもいかないし、そうして問い詰めても、なにも答えてはくれないだろう。

百合郎は諦め、木戸門の外に出た。

奉公している息子が殺された場合、どれほど拝領屋敷に留まっていていいものかどうか、百合郎は知らないが、いずれ、立ち退きを迫られるはずだ。

「くそう……」

百合郎は、母のひでと大林の母を重ねてみていた。

第四章　江戸買物独案内

一

「江戸買物独案内」に『と』のつく屋号は、茶問屋の冨田屋利兵衛(りへえ)、戸田屋甚右衛門(じんえもん)、蕨縄(わらびなわ)問屋の豊嶋屋仁兵衛(にへえ)、など、二十四軒のお店(たな)が載っていた。

百合郎と吉治郎、江依太は、奉行所の門前にある大番所で「江戸買物独案内」を広げていた。

吉治郎は「と」のつくお店に印をつけている。

「いくぞ」

江戸買物独案内を懐(ふところ)に捩(ね)じこんだ吉治郎が立ちあがり、江依太に向かっていった。

「いくって……」

「二十四軒のお店の内情を探るんだよ。うしろ暗いことをやってそうなら、もっと深く、手広く探り、正体を炙りだす」

「二十四軒ですよ。そんなことやってたら、夏までかかっちまう」

「じゃあどうすればいいんだ、いってみろ。金蔓の名は『と』しかわかってねえのだぞ」

「それもお比紗のうろ覚えで……」

「だったら、相手が尻尾をだすまで黙って待ってろとでもいうのか」

「それは……」

「黙ってついてこい。これが岡っ引きの務めだというのをじっくり教えてやる。いくぞ」

江依太はいちど百合郎に目を向け、渋い顔をした。

「岡っ引きになりたいといってきたのはおまえだぞ。わかってるな、おれは反対した。いや、大反対した」

「いきますよ、いけばいいんでしょう」

これでまちがいなく、岡っ引きをやめるといいだすだろうと、百合郎は内心ほくそ笑みながら江依太を見送った。

二

吉治郎と共に江依太が八丁堀の屋敷に戻ってきたのは、六つ半刻をすぎていた。

吉治郎は玄関まで江依太を送り、百合郎に挨拶(あいさつ)するとすぐ帰っていった。

草臥(くたび)れ果てていると思っていたのだが江依太は案外元気で、母のひでが調(ととの)えておいた夕餉(ゆうげ)をぱくついている。

父は、きょうも一日中歩きまわっていたらしいが、三左衛門に関してはなにもつかめなかったといい、疲れたようすで寝間に引き取っていた。

「どうだった」

江依太の脇に腰をおろした百合郎が尋(たず)ねた。

「腹が減って……」

「岡っ引きをやめる気になったか」

「とんでもない。こんなおもしろいこと、やめられませんよ」

「聞かせろ、吉治郎はなにをやった」

吉治郎のことだから、正体を隠して周囲に聞きこむようなことはしないだろう、と百合郎は考えていた。そんなことをしていては、江依太がいったように、二十四軒を探索し終わるのに夏までかかる。

「あの親分、なかなか侮れませんね」

吉治郎の言葉どおり、周囲からじわりじわり攻めるのかと江依太は考えていたが、吉治郎はなんのためらいもなくお店の暖簾をくぐり、

『奉行所のご用だ。主人に会いたい』

といったという。主人が店先に出てくると、

『牢屋同心の大林弥文さまに恐喝されてはおらなかったか。おれたちはそのことで動きまわっているのだ』

と、単刀直入に聞いたらしい。

「魂消ました」

「吉治郎らしいな。で、幾人会った」

煮魚の身を箸でほぐしながら、江依太が左手を広げた。

五人ということだろう。

「明日、朝から動きまわれば十五人には会えるはずだとおっしゃってました」

「ということは、きょうのところは、大林弥文の話をしても、顔色が変わった者

や慌てた者はいなかったのだな」

「傍らでみていましたが、みんなぽかんとした顔をしていました。もしもきょうのなかの一人が大林さまの金蔓だとしたら、大した役者です。尻尾をつかむのも難しいかもしれませんね」

「まあ、全員に会ってみればわかることだろうぜ」

とはいったが、百合郎には気掛かりなこともあった。

大林の金蔓が腹芸に秀でた奴なら、岡っ引きに聞かれても動揺などせず、おのれの足を引っ張りそうな者の口を塞ぐかもしれないのである。

たとえば、内情を知っている番頭など、真っ先に殺されそうな立場だろう。

相手の腹芸がどこまで百合郎に読めるかはわからないが、吉治郎が問うとき、傍らにいたほうがいい、と考えた。

母のひでが、盆に湯呑みをのせて居間に入ってきた。

「湯が沸いていますよ」

百合郎は町の湯屋の一番湯を使うことも多いが、江依太を湯屋にいかせるわけにはいかない。

まったくめんどうなことだ。

どこかの部屋を借り受け、若い下っ引きと二人で張りこませるなど、これもできない相談だ。

「湯で疲れを取り、ゆっくり寝ろ」

百合郎は、玄関脇を抜けて自室にいくとき、江依太の履いていた雪踏に目がいった。鼻緒がどす黒くみえたのだが、よくみると、それはこびりついた血であった。

歩きまわって親指のあいだが擦り剝けたのだろうが、そのような泣きごとはひとことも零さなかった。

「ふん……」

三

次の日。

最初に会いにいったのは、虎屋伊勢右衛門だった。

商いは「売薬業」だが、お店には片蔵がついていて、繁盛しているようすを窺わせた。

百合郎が暖簾を割り、

「ご用の筋で主人に会いたい」

といって十手をみせると、番頭が奥に取り次ぎ、

「主人が奥へどうぞと申しております」

と促した。だが百合郎は、

「急いでいるのでな、店先で」

といい、奥へゆくのを断った。

壁には薬簞笥が作りつけられ、なんともいえないにおいが漂っていた。ただお比紗の部屋のにおいとはちがい、百合郎は逃げだしたいとは思わなかった。

「わたくしになにか……」

伊勢右衛門は、五十がらみのでっぷりとした二重顎の男だが、店先に現れた町方役人をみて、やや緊張しているようすだった。

「大林弥文という牢屋同心から脅迫され、金をせびられていたようなことはないかね」

吉治郎が尋ねた。

虎屋は、なにを問われているのかわからないような顔をした。

「どなたさまでございますか……ええと、大林さま……牢屋同心……ですか」

これが芝居なら、役者も裸足で逃げだすにちがいない。

「いやいいんだ、忘れてくれ」

百合郎はいい、先に立って虎屋を出た。

次に会おうとしたのは、古着屋の冨田屋五郎兵衛だったが、大林が強請るほどの店構えではなかった。近所にもう一軒、冨田屋源八という古着屋もあったが、五郎兵衛とは兄弟なのか、おなじような店構えであった。

「大林の旦那に強請られても、女郎を身請けするほどの金をだせるようにはみえませんね」

吉治郎がいった。

「次にいくか」

次の店は小網町の「水油仲買」だった。「水油」とは椿油や灯し油などの液状の油のことだ。

百合郎は江依太の足の親指にちらっと目をくれたが、鼻緒には布が巻きつけてあって、足を引きずるようなことはなかった。

「立派な店構えですねえ」

みあげた吉治郎がいった。

屋号は、古着屋とおなじ「冨田屋」だったが、古着屋とは雲泥の差の店構えで、両脇に黒塗りの蔵がついていた。

土間には大きな樽が幾つかおいてあり、板敷きにはぎやまんに入れた化粧油もならべてあった。

客はいなかったが、四人ほどいた奉公人が、暖簾を割った百合郎にいっせいに目を向けた。

百合郎が、主人に会いたい、というと、帳場格子にいた番頭ふうの男が百合郎のまえに座り、

「主人は生憎他出をしておりまして……」

といって百合郎のまえに五両をならべた。

なかには表に積んである荷の高さなどに難癖をつけ、金をせびる同心もいるやに聞いているが、そういう輩といっしょにされたことで、百合郎は激怒した。

百合郎は刀を鞘ごと抜き、あがり框に鐺をどんと叩きつけた。

内心、またやっちまった、と思ったが、口は心を反映していないようで、怒鳴り声が迸った。

「番頭、おれを舐めんじゃねえぞ」

上から番頭を睨みつけ、

「大勢の捕り方を連れてきて、主人を奉行所まで縛っ引いてやろうか」

と凄んだ。が、芝居がかって凄んだおのれに照れた。

主人がお縄になったとなれば、あとで放免されても噂に尾鰭がつき、客商いをしていればそれなりの痛手は蒙る。

「い、いえ、あの……旦那さまを……『青柳』におられるはずだから」

番頭が奉公人に命じた。

奉公人は腰が抜けたようにしばらく動かなかったが、やがてのろのろと立ちあがると急に駆けだし、奥へ消えた。

「『青柳』はとなり町の料理屋でございますから、すぐに……」

「番頭、大林弥文という牢屋同心を知らねえか。このお店に目をつけ、あることないこと難癖をつけて強請りにかかったはずなのだがな」

町方役人を扱う番頭の手際があまりにもよすぎたので、もしや、大林がたびたび訪ねてきていたのではないか、と勘繰(かんぐ)ったのだ。

番頭は、

「大林さまとおっしゃるお方は、存じあげませんが……」

といい、まだ首をすくめている。

大店(おおだな)の主人がだれかに恐喝されたら、まず番頭に相談するだろう。胸のうちに仕舞いこみ、一人で対処するとは思えない。ただ、番頭も知らない悪事を大林に暴かれたのなら、そのかぎりではないが。

二人の客がきて、量(はか)り売りの灯し油を買っていった。

あとの客と入れちがいに奉公人が戻ってきて、左手で暖簾をかきあげた。

その暖簾の脇から、のそっと、背の高い男が入ってきた。白髪頭で、六十に近い。

江依太が目を瞠(みは)った。

男の左頬にある刃物傷に目をとめたからだ。

「わたくしが冨田屋四郎兵衛(しろべえ)でございますが、なにか、ご用の筋だとか」

軽く腰を折り、百合郎にいった。

目つきの鋭い男で、痩せてはいるが、押しは強そうだった。

待っているあいだに番頭から聞いたところによると、一代でこの身代を築きあげたのだという。

「大林弥文という牢屋同心から脅迫を受けていなかったか、それを調べているのだが、どうだ」

百合郎がいった。

「盗人を殺しにきた浪人者と斬りあい、殺されたそうですな」

と四郎兵衛はいったが、無表情のままだった。

「大林どのを知ってたのか」

「いえ、大林さまというお方は存じあげませんが、瓦版は丹念に読みますので、あの一件は憶えております」

動揺しているようにはみえなかった。

江依太は、冨田屋四郎兵衛を睨みつけていたが、なにもいわなかった。

「そうか、邪魔したな」

冨田屋の外に出た百合郎は、

「あいつか」

と江依太に聞いた。

父と暮らす長屋に押しこんできた男にも、左頬に刃物傷があったと、お江依が話していたのを憶えていたのだ。

「もっと若かった」

江依太がぼそっといった。

吉治郎は暖簾の隙間から四郎兵衛と番頭に目を配っていて、百合郎と江依太の話は聞こえていなかったようだ。

待っていた百合郎のそばまできた吉治郎が、

「番頭とひそひそ話をしておりました。ちょっと気になる野郎ですね。一代で身代を築いたのなら、修羅場も潜ってきたはずですから。肚の底を読ませない鍛錬もできていることでしょうし」

と囁いた。

「配下の者に探らせてみてくれ」

「承知しやした」

冨田屋のあとにも、十川屋、富山屋、徳嶋屋、殿村屋、とあたったが、大林の名を聞いてもそれらしい手応えを示した者はいなかった。

百合郎と吉治郎、江依太の三人は、飯屋で遅い昼飯を食っていた。

客は孫らしいのを連れた老爺だけで、店内は閑散としていた。

「大林さまの金蔓は、商人(あきんど)ではなく武家ですかね。もともと金蔓などいなくて、女郎に対する見栄だったとも考えられますが」

掻(か)き揚(あ)げ蕎麦(そば)を手繰(たぐ)っていた吉治郎がいった。

「それなら、浪人が狙ったのはやはり盗人の頭(かしら)、阿字の蔵三ということになるのか」

いって百合郎が浮かない顔をした。百合郎はものを食うのが早く、丼(どんぶり)にはつゆが残っているだけだった。

「阿字の蔵三殺しを追ってもなにもつかめなかったのなら、せめて『江戸買物独案内』に載っていたお店はすべてあたってから、結論をくだしたほうがいいと思いますけど」

江依太がいった。

「江戸買物独案内」に載っていた、頭に『と』のつくお店は、砺波屋(となみや)、遠江屋(とおとうみや)、東野屋(とうのや)の、三軒だけが残っていた。

「早く食え」

百合郎に急かされて、江依太は蕎麦を掻きこんだ。

『砺波屋』は、北新堀町にある酒問屋だった。

この近辺にはくだりものを扱う店も数多く軒を連ねているが、砺波屋は、両袖に黒漆喰塗りの蔵をそなえた、格段に大きなお店だった。

「こいつは……」

吉治郎も感心してみあげた。

百合郎はここに大きなお店があることは知っていたが、『砺波屋』と書かれ、漆仕上げの屋根つき立て看板までは憶えていなかった。

軒先に藍色の暖簾がかかっていて、初夏の風になびいている。

「邪魔するぜ」

左手で暖簾を分けた百合郎が、土間に消えた。

「いらっしゃいませ」

といった番頭ふうの中年が、暗い表情を浮かべた。

町方役人が店先に現れるとは徒ごとではない。うしろから百合郎について入ってきた吉治郎と江依太に向けた視線にも戸惑いらしきものが宿っている。

土間は広く、薦被り(こもかぶ)が山のように積んであるが、角樽(つのだる)や、量り売りの漏斗(じょうご)や升(ます)などはみあたらなかった。小売りはやっていないのだろう。

「ご用の筋で主人に会いたいのだ。呼んできてくれ」

「ご用の筋なら、まずわたくしがお伺いいたします。主人は多用でございまして」

番頭ふうが帳場格子から出てきて板の間に座った。

「大林弥文という牢屋同心を知ってるな」

「いえ、存じませんが」

返辞が早すぎたうえ、番頭の目にちらっと不安の影がよぎった。

「そうかい、用というのはそれだけだ。邪魔したな」

百合郎は振り向きもせず、さっさと外に出ていった。

吉治郎も江依太もあとを追った。三人が外に出ると江依太が、

「あの番頭、動揺してたじゃないですか。どうしてもっと追及しなかったんですか」

と、食ってかかった。

「たしかに怪しいが、追及して自白するような人物なら、番頭には取り立てられ

ねえ。あいつと主人を問い詰めるのは、手証をつかんでからだ」

　吉治郎が江依太をたしなめた。

　番頭にとってのいちばんはお店とその主人で、おのれや家族は二の次、三の次なのだ。よほどのことがないかぎり、主人を売るようなことはしない。

「それにしても、主人の顔はみておきたかったですね」

「おめえたちの顔を主人にみせたくなかったのだ。顔を知られていないほうがなにかと都合がいい」

「あ……なるほど」

　江依太は、そのうち砺波屋の主人を尾行することになるかもしれない、ということに考えが及んだようだ。

　暖簾の隙間から、町方役人たちが歩き去るのをたしかめた番頭の久兵衛(きゅうべえ)が、奥へ消えた。

　座敷のまえの廊下に跪(ひざまず)き、

「旦那さま」

　と声をかけた。

障子には赤く染めた紙が貼られている。

「入れ」

久兵衛が障子をあけ、腰を低くして部屋に入った。八畳ほどで、頑丈そうな棚が作りつけられているだけの簡素な部屋だった。だが壁は真紅に塗られ、畳には、長崎から取りよせた、これも真紅の絨毯が敷いてあった。

砺波屋甚五左右衛門は、この真っ赤な部屋で帳簿づけや考えごとなどをする。甚五左右衛門は三十六で、体の引き締まった色黒の人物だった。二枚目だが、大きな鼻が冷たさを和らげている。

「町方役人が、牢屋同心のことを聞きにきましたが……」

久兵衛が両手をついていった。

甚五左右衛門は書きつけから顔もあげず、

「なんの話だ」

といっただけだった。

「いえ、なんでも……」

久兵衛は静かに赤い部屋を出ていった。

一年ほどまえ、たしか田代馬之助という浪人が、牢屋同心のことで話があるといってきたあと、あれだけ激怒されていた旦那さまと、いまの旦那さまとは別人のようだ、と思ったが、知らぬ存ぜぬを決めこむことにした。

甚五左右衛門の逆鱗にでも触れれば、番頭は職を失う。

久兵衛が障子をしめたあと甚五左右衛門は顔をあげ、障子をみとおすような鋭い目つきをしてから、ふたたび書類に目を落とした。

もうすぐ、菱垣廻船で大量の新酒が運びこまれるのだ。町方役人などにはかまっていられない。

四

百合郎は万にひとつを考え、「遠江屋」と「東野屋」にもあたったが、両方の主人とも、なぜそんなことで町方役人がきたのかわからない、というような顔をしていた。

「砺波屋を洗ってみてくれ。殺しとは関わりないにしろ、少なくとも番頭が大林弥文を知っているのはまちげえねえ」

「承知しました」

百合郎は、江依太にちらっと目を向けたが、江依太は平然とした顔をしていた。吉治郎と張りこむ覚悟はできているのだろう。

「ではたのむ」

百合郎はさっさと奉行所へ引きあげた。

筆頭同心の川添孫左衛門に進捗状況を話しておかなければならないが、なにも手証がないのだから、慎重にやれ、と釘を刺されることは覚悟しておかなければならない。だが、

「おまえの勘働きだけでなんの手証もないのだから、砺波屋からは手を引け」

と命じられるような伝え方だけは、避けなければならない。

百合郎は一直線な男だから持ってまわった交渉ごとは苦手だが、これも試練だと思い、やるしかないと心を決めていた。

吉治郎は江依太を引き連れ、砺波屋のまわりをぐるっとみて歩いた。

西側は、となりの塩問屋長嶋屋重三郎方とのあいだに犬走りがあるだけで、その犬走りも三間ほど先は板塀で塞いである。

東側は路地で、奥に長屋の木戸門がみえていた。いわゆる町屋敷で、突きあたりの長屋には、砺波屋の奉公人が多く暮らしているのだろう。

吉治郎は路地に入っていった。

左手が砺波屋の塀。なかは庭だろうが、高い板塀でみえなかった。

長屋の木戸門をくぐると、右手に稲荷社（いなりしゃ）があり、そのならびは割り長屋で八軒ほどある。

向かいとその裏は棟割りで、十四、五軒あるようだ。

砺波屋の庭から長屋にも抜けられるように、板塀に戸がついていた。

突きあたりに四個ならんだ厠（かわや）と、屋根つきの大きな井戸があった。

夕餉の支度は終わったようで、井戸端にはだれもいなかった。

奥行きは二十間ほどだが、裏は下総関宿藩（しもうさせきやど）五万八千石の中屋敷の塀で、裏から往還に抜けることはできない。東に御船手組（おふなてぐみ）屋敷の練塀（ねりべい）がつづいている。

これは吉報だった。表の出入り口を見張ればことが足りるからだ。

とはいえ、簡単にはいかない。

砺波屋のまえはずらっと蔵のならんだ蔵地で、その向こうは霊巌島（れいがんじま）新堀だ。

砺波屋を見張るとなると、ひとつの蔵の二階を借りうけ、そこから、ということになるが、界隈のお店は砺波屋とは昵懇のはずで、近所のお店に、蔵の二階を借り受けたい、と十手でもちらつかせようものなら、すぐさま砺波屋に話が伝わるだろう。

昼間は物乞いの形をして表通り脇に座っていてもだれも怪しまないが、夜は危険だ。それというのも、このところ物乞いに悪さを仕掛ける若者が多く、夜に出歩く物乞いはいなくなっている。

あたりが薄暗くなりつつあった。

北新堀町の東のはずれ、豊海橋の近くに赤提灯がみえた。

「江依太、おめえ酒はいける口か」

「まったく」

「そうか、じゃあ、飯でも食ってろ」

吉治郎は赤提灯に向かって歩きはじめた。

江依太は、昼飯が遅かったのでまだ腹は減っていなかったが、ついていった。

縄暖簾をくぐると、職人の仕事仕舞いにはやや間のある時刻だったせいか、客は、お店者ふうが三人だけで、深刻な表情で顔をつきあわせ、なにやらぼそぼそと話しあっていた。

吉治郎は厨と店を分ける暖簾のそばの席についた。

注文を取りにきた小女が江依太をみつめ、頰を染めている。

「酒を一本と、なんでもいいからつまみをたのむ」

といいつけ、江依太に顔を向けた。

舌代の書かれた煤けた紙に、煮魚、汁物、とあった。

「飯と煮魚、それに汁を」

江依太の注文を聞き、ゆきかけた小女に吉治郎が、

「主人が手空きなら少々話を伺いたい、と伝えてくれねえか」

といい、懐に隠し持っていた十手をちらりとみせた。

小女の顔色がさっと変わり、か細い声でいった。

「はい」

しばらくすると、主人本人が酒に肴、小女が飯に煮魚、汁、新香の載った盆を運んできた。小女は江依太の脇に盆をおくとそのまま厨に消えた。

主人は、吉治郎の脇に盆をおき、まえに腰をおろした。

「なにか」

用心しているような声でいった。

歳は三十代半ばか。やや薄くなった髪が乱れていて月代が伸びていた。だが目には生きる活力が張っている。

「砺波屋はどうだね」

吉治郎が尋ねた。

「砺波屋さんのことをお聞きになりたいのでございますか」

吉治郎は主人の顔色を窺った。

砺波屋に親しみを抱いているのか、反感とまではいかなくても、ここで話したことが砺波屋に伝わるのか、伝わらないのかの判断をするためであった。

「まあ、近ごろの評判をね」

二人連れの客が入ってきた。

主人は立ちあがり、

「砺波屋さんのことをお知りになりたいのなら、打ってつけの者がおりますよ。飯がすんだら、声をかけてくだせえまし、ご案内いたします」

といい残して厨に入っていった。

江依太が飯を掻きこみはじめた。

「慌てなくてもいい、夜ははじまったばかりだ」

吉治郎はいい、酒を呑むと、店と厨を隔てている暖簾を分け、

「これからあんたが会わせてくれる者は、酒はどうだね」

と尋ねた。

「目がねえほうですが、あまり呑ませたくはねえのでして……」

厨から声が聞こえた。

「じゃあ、貧乏徳利に五合ほど調えてくれるか」

「承知しました」

主人が徳利と慳貪箱を運んできたとき、江依太は飯を食い終えていた。

「では、いまのうちにご案内いたしましょう」

と主人はいい、小女に声をかけると、縄暖簾を割った。

吉治郎は一朱銀を二枚、小女に握らせた。

主人は店を出てすぐ左に折れ、しばらくいってふたたび路地を左に折れると、長屋があった。

左右に割り長屋が二棟ならんでいて、一棟に五軒あるようだ。

主人は右手の棟の木戸門から二軒目の、出入り口の脇に万年青の鉢のある部屋のまえで声をかけ、腰高障子をあけた。

「親父、お客さんだよ。砺波屋さんのことを聞きてえんだってよ」

主人が慳貪箱をあがり框におき、土間の脇に身を移して吉治郎と江依太を招き入れてくれた。

「おれの親父です。砺波屋さんから長年酒を仕入れていたので、よく知ってるはずです」

と、吉治郎に向かっていい、父親には、

「徳利の酒は、この親分さんの奢(おご)りだけど、あまり呑みすぎるなよ」

といい残して帰っていった。

土間は三畳ほどあり、座敷に向かって竈(へっつい)が作りつけられてあった。散らかっているようすはなく、煎餅(せんべい)布団も枕屏風(まくらびょうぶ)で隠してあるし、六畳には畳が敷いてあった。息子に引き継がれた居酒屋は繁盛しているようだ。

江戸の長屋の畳と腰高障子は自前だが、貧乏町人は畳など買えず、板の間に筵(むしろ)を敷いて暮らしているのがふつうだ。

奥の障子はしまっていた。だが雨戸はあいたままのようで、風にそよぐ雑草の擦(こす)れあう音がかすかに聞こえている。

息子が運んできた慳貪箱には父親の夕食が入っているのだろう。

父親は慳貪箱を背後にさげ、どうぞ、おかけなすって、といった。六十代だろうが元気そうで、言葉もしっかりしている。

父親は立ちあがって棚から湯呑みを三個取りだし、吉治郎と江依太、それにおのれのまえにおき、貧乏徳利からそれぞれの湯呑みに酒を注いだ。

江依太の湯呑みに酒を注ぐとき、ふと顔をあげ、

「生き人形のようなお顔だ、うらやましい」

といい、湯呑みを持ちあげた。

父親の顔はしわだらけで、染みも浮いていた。

父親はいい、湯呑みの縁をちびっと舐めた。

「ごちになります」

「厠をお借りします」

江依太は断り、厠を借りたが、厠と湯だけは不便だ、と考えていた。

男ならどこでも立小便ができるが、女だとそうはいかない。いや、立小便ができないわけではないが、男とはその形がちがう。

吉治郎親分が、いっしょに汗でも流すか、といったら、どうやって断ろうかとも考えていた。だが、それはそのときのことだ。

厠から戻ると、

「先代はいいお方だったのですがねえ……」

と、父親が話しはじめていた。

五

江依太が八丁堀の屋敷に戻ってきたのは、夜四つ刻をすぎていた。

「岡っ引き見習いで十手も持ってねえのでは、しまった木戸をとおるのに苦労するだろうからといって、吉治郎親分に送ってもらいました」

いった江依太が照れ笑いを浮かべた。

「どこかに部屋を取って、そこから一晩中見張るのかとも思ったが、砺波屋のまえは霊巌島新堀で、見張れるような場所はねえなあ、と案じていたところだった」

百合郎がいった。

「飯を食って帰ろう、ということになって居酒屋へ入ったのですが、そこの主人の父親……小兵衛(こへえ)というのですが、砺波屋に出入りしていたとかで、詳しい話を聞くことができました」

「そいつはついてたな」

「まったく」

「まだ温けえはずだ、湯でも浴びてこい。その小兵衛の話、明日までは待てねえ」

江依太はうなずくと立ちあがり、百合郎の自室を出ていった。

百合郎の自室に戻ってきたとき、江依太は、お江依と江依太の中間のような形をしていた。

髪はそのまま男髷だが、小袖は女もので、幅広の帯を「女貝の口」で結んでいる。

「よし、話してくれ」

「先代はいいお方だったのですがねえ……」

と小兵衛がいったとき、江依太はあがり框に腰をおろした。

「先代は隠居されたのかね」

吉治郎が尋ねた。

「それが、五年ほどまえになりますが、あるとき、胸を押さえて急に苦しみだしなすって、そのまま帰らぬひとに……」

呼ばれた医者は、心の臓の発作だといった。

「それで、いまの主人……」

「五代目甚五左右衛門」

小兵衛は砺波屋の主人を呼び捨てにした。

ここで江依太は、こいつはおもしろいと考えたのだという。

「どうしてそう考えたのだ」

百合郎が聞いた。

「わたしたちが小兵衛さんに聞いたことは、砺波屋甚五左右衛門には伝わらない」

「なるほど、それで……」

「いまの甚五左右衛門は、実子なのかね、それとも、仕事のできる奉公人を養子にしてあとを継がせたとか」

吉治郎がいった。江戸では、仕事のできる奉公人を養子にして店を継がせるのは珍しいことではない。

「それについちゃあ、少々長い話があるのですが、お聞きになりますかい」

小兵衛が、からかうような笑みを浮かべながらいった。

吉治郎も笑った。

「そっちがいいなら、こっちはかまわねえぜ、話してくれ」

「それじゃあ……喉を湿らせて……」

と小兵衛はいい、茶碗酒をごくっごくっと半分ほど呑んでから語りはじめた。

「先代がまだ若いころの話でございますがね……相手は、どこだったかな……ええと……」

といって小兵衛は考えこみ、右手の人差し指で額をとんとんと叩いていたが、

「袋井……そうでした。袋井から親戚をたよって出てきていた女で、そのころ深川の料理屋『巴屋』で働いていたのを妾にしましてね……その妾が男の子を産みました」

先代の甚五左右衛門は砺波屋の四代目を継いで油ののりきっていたころのことだというが、すでに正妻がいて、二歳になる新太郎という男児までいた。

「お内儀は『およし』という嫉妬深い女でしてね、よそでこさえた子なんぞうちには入れない、と。あっしはみてねえのですが、番頭さんに……ああ、この番頭さんは、代変わりしたため、砺波屋をやめちまいましたがね……聞いたところによると、お内儀はそりゃあもう錯乱したような剣幕だったそうでして」

お内儀は、子を授かった妾が江戸にいることも許せない、といい、妾に十両を投げ与えて、袋井に追い返したのだという。

「赤子を連れた妾が江戸をはなれるとき、先代は粋な計らいをなさいまして」

「粋な計らいとは」

吉治郎が聞いた。

「へい、太平……先代が名づけ親だったのでございますが……太平はまちがいなく、砺波屋四代、甚五左右衛門の息子だという書きつけをわたしなすったのでございますよ」

「妾は袋井に帰ったのか」

「そのようで」

「いまの五代目甚五左右衛門は、正妻の息子新太郎だろうが、あんたが延々と話してくれた太平とその母は、五代目甚五左右衛門とどう関わるのだ」

「まあ、話の本筋はここからでございますから」

と小兵衛はいい、またひと口酒を呑んだ。

江依太は無論のこと、吉治郎も酒に口をつけていなかった。

「いまから十五、六年まえのことになりますが、大坂の酒問屋からの紹介状を懐に入れた若者が、砺波屋を訪ねてきましてね……」

『わたしは大坂の酒屋の息子でございますが、しばらく砺波屋さまで修行をさせてくださいませんか』

「といったのです」

江依太は、この若者こそ正妻に追放された太平だと思ったが、そのことはいわずにおいた。ただ、

「そのとき、お内儀のおよしさんは健在だったのですか」

と尋ねた。

「ええ、長男の新太郎さんの下に二人の娘ももうけて、ずいぶんと達者でおられました」

といって小兵衛はにやりと笑い、

「なかなか勘の鋭い若い衆だ。そうそのとおり、大坂から修行にやってきた若者、

名を荘吉と名のりましたが、その荘吉こそ、お内儀が袋井に追放した太平だったのです」

「あんたの話では、五代目甚五左右衛門は、およしから母親と共に追放された太平だと聞こえるのだが、それでまちがいないのかね」

「そうです」

「では息子の新太郎はどうしたのだね」

「七年ほどまえでしたが、夜釣りに出て、波に揺られたようで船頭ともども船から落ちて亡くなったのです」

「およしさんは、さぞ気落ちされたことでしょうね」

「そのときは、すでに娘二人は嫁いでいて、砺波屋にいるのは、跡継ぎの修行をなさっている新太郎さんだけでしたからねえ」

およしはみているのも辛くなるほど嘆き悲しんだという。

「その心労からか、病にたおれられて半年ほど寝つかれましたが、そのまま恢復することもなく、お亡くなりになりました。みたひとによると、枯れ木のようだったといいます」

「なるほど……」

吉治郎が呟いた。

「跡継ぎの新太郎さんが亡くなったうえに、お内儀の足枷も取れたってわけですね」

江依太がいった。

吉治郎が江依太をみたが、なにもいわなかった。だが小兵衛は、

「ご用聞きの親分さんというのは、恐ろしいほど勘働きがよろしいのでございますねえ」

と感心した。

「お察しのとおり、跡継ぎを亡くして途方に暮れた先代は、出入りのご用聞きの親分を袋井までいかせ、お内儀が追い払った太平とその母を江戸に連れ戻そうとなさったのです」

「袋井にいくまでもなかったのだな」

「はい。親分を呼び寄せ、相談なさっているとき、荘吉がやってきて……」

『旦那さまにみてもらいたいものがございます』

「といって、先代に書きつけをみせたのだといいます」

その書きつけには『太平はまちがいなく、砺波屋四代、甚五左右衛門の息子だ』

と書いてあったのだという。

荘吉は両手をつき、畳に額をこすりつけるようにし、

『恐れ多くて話せませんでしたが、わたしが太平でございます』

と告げたらしい。

「先代は、頭がよくて客あしらいもうまい荘吉に大層目をかけておいででしたから、そりゃあもう大喜びだったようで、深川の料理屋……ほら太平の母が働いておりました『巴屋』、代は替わりましたがいまも残っておりましてね、そこを借りきり、わたしどものような居酒屋の親仁(おやじ)まで招待していただいて、それはそれは盛大なお祝いを……」

といってひと息つき、酒をちびりと舐めた。

「ひとあたりがよく、気の利くお方で、悪くいうような者はいなかったのでございますが」

「五代目の話かね」

小兵衛はうなずき、

「先代がお亡くなりになったあと五代目を継がれてからは、わたしどものような居酒屋は出入りどめにするなど、大きな商いだけに目を向けられるようになりま

して、まあ、それはまちがっていないと思いますがね。先代のころに比べると、身代も大きくなったようでございますから」

と、いかにも寂しそうにいった。

「五代目には女房子はいないのかね」

小兵衛の話から勘定すると、五代目甚五左右衛門は三十代半ばのはずだ。

「お内儀さんはまだのようですが、妾が二人ほどいて、子もいるようです。どこの妾に子が幾人いるかなどは、あっしの耳には入っておりませんが」

といって力なく笑い、貧乏徳利から湯呑みに酒を注いだ。

「砺波屋五代目の生いたちはわかったが、大林弥文とどこでどうつながるのか、それがみえてこねえなあ」

話を聞いた百合郎が右手を懐に入れ、左手でがっしりした顎を撫でた。

「おいらを袋井にいかせてくれませんか」

「袋井にいってどうするのだ」

袋井は東海道二十七番目の宿で日本橋からは五十八里三十五町。女の足では片道十日はかかる。一人で往復させるには遠すぎる。

「太平のことを調べてみたいのです」

「調べてどうするのだ」

「大林さまとの関わりがわかるのではないか……と」

「大林は袋井の出身だとでもいいだすのか。同心は、表向きは一代抱えだが、大きな縮尻がなければ代々抱えられるからな、大林弥文も江戸生まれ、江戸育ちのはずだぞ」

「五代目甚五左右衛門が、太平とは別人だとしたら、と閃いたので、たしかめておきたい、と思っただけのことなのですが」

「太平と五代目が別人なわけないだろう。四代目が与えたという書きつけを持ってたのだから……というか、おまえの頭はどうなってるんだ。どこからそんな途方もない考えが閃くんだ」

江依太は首をひねって苦笑いを浮かべた。

「ひとという生き物を、百合郎さまほどには信じていないからかもしれません。おいら意地悪で、ひとの裏ばかりみるようにできているのでしょうね」

百合郎は江依太のひとり決めには取りあわず、

「五代目と太平がなぜ別人であるのか、それも思いついているのだろうな」

「たとえば、母親と袋井の実家に戻った太平が七、八歳になったころに寺子屋にいかされたかして友ができたとします。太平は、母親から幾度も聞かされている、おまえは江戸の大店の主人の子だ、という話を自慢し、もしかしたら書きつけをみせびらかしたかもしれません。寺子屋仲間の一人に、のちに五代目となる甚五左右衛門がいて、その書きつけをみたのかもしれません」

江依太は話をきり、百合郎の顔色を窺った。

百合郎はうなずき、話のつづきを促した。

「あるとき、流行病(はやりやまい)かなにかで、母親と太平が死んだとします」

「なるほど、書きつけの存在を知っていたのちの砺波屋甚五左右衛門がそれを盗み、いちど大坂に奉公に出て、そこで信用を得、砺波屋への紹介状を書いてもらった、という筋書きか」

「そのことを大林さまがどこかで嗅(か)ぎつけた。あるいはだれかから教えてもらった。そのだれかが、どこでどうやって嗅ぎつけたのかはわかりませんが、教えてもらった場所は、牢屋敷でしょう。たぶん、大林さまに親切にされた礼とか」

聞いた百合郎が渋い顔をした。

「気に入りませんか」

「いや、吉治郎を袋井までいかせなければならねえ、と思ってな。たのむのは気が重いと考えただけだ」

「袋井にいくのはわたしでは」

「女一人でやれる距離じゃねえ。かといって、吉治郎と二人連れってえわけにもゆくめえよ」

岡っ引きとその見習いの二人づれなら、旅籠の部屋もいっしょ、湯も二人で、ということになり、江依太が女だということはすぐ露見する。

江依太もそのことに考えが及んだようで、

「たしかに……」

といい、無理強いはしなかった。

第五章　深川蛤町

一

翌朝。

廻り髪結いの安造に江依太ともども髪をやってもらったあと、木戸門の外で待っていた吉治郎を屋敷に招き入れた。

江依太が閃いた昨夜の話をすると、吉治郎は、

「なるほど、これはたしかめておかねばなりますまいねえ。若いのを一人連れて、袋井までいってまいります」

と、こころよく引き受けてくれ、

「では早速」

といって帰った。

吉治郎が、江依太を連れていく、といわなかったのが百合郎には気にかかったが、岡っ引き見習いになって三日目だし、足腰も弱そうだから足手まといになるだけだ、とでも考えたのだろうと、それっきりそのことは忘れた。

「おいらはどうすれば」

吉治郎の足なら袋井まで片道六日か遅くても七日、というところだろう。袋井に二日いるとして、

「吉治郎が戻ってくるまで、早くても十五、六日はみておかなければならねえ。そのあいだ、昼間だけでいいから、砺波屋を見張れ」

と、百合郎は江依太に命じた。

五代目が太平とは別人で、牢屋同心の大林弥文に弱みを握られたため刺客を差し向けて殺した、というのは百合郎たちの推論で、五代目は大林の死とは関わりがないかもしれない。

そうなると、妙な動きはしないだろうが、相手に知られないようにだれかに張りつくのも岡っ引きの修行だと考え、江依太に命じたのだ。

ただ、見張れ、とだけいってその遣り方を話さなかったのは、江依太に方法をみつけさせようと思ったからにほかならない。

江依太は、どうやって見張ればいいのですか、とも聞かず、ただ、承知しました、といって出掛けた。

百合郎は、昨夜の江依太の話で五代目甚五左右衛門が怪しい人物のような気がしはじめていて、いちど顔をみておくべきではないか、と考えていた。だがここで直に顔をあわせるのは得策だとは思えない。

二

百合郎は、「鈴成座」の座つき化粧師、直次郎に会いにいった。

直次郎はいつものように生まれや生い立ちを執拗に問い質し、若狭浪人田埜倉久蔵を作りあげた。

田埜倉浪人の形で新堀町にゆくと、砺波屋のななめまえに、菰で顔を半分隠した物乞いが座っていた。

江戸で物乞いをみかけるのは珍しくはないが、その物乞いは顔が黒ずみ、髪もべたべたに汚れていた。が、物乞いが板についているというほどではなかった。

しかしよくやっている。

江依太だった。

江依太が百合郎に気づいたかどうかはわからない。

百合郎はちらっと物乞いに目をくれ、砺波屋の暖簾を分けた。

「いらっしゃいま……」

奉公人の言葉が途中で消えた。

帳場格子から番頭が立ちあがり、慌てて百合郎のまえまでやってきて座った。

「うちでは小売りはやっておりません」

酔っぱらいの浪人が酒を買いにきたとでも思ったようで、きっぱりとした口調でいった。

「酒を買いにきたわけじゃねえよ。主人に会いたい」

「ご用ならわたしが承ります」

百合郎は三歩さがるといきなり刀を抜き、無双一心流のひとつの型を披露した。動きは素早く、番頭の目には動いている百合郎しかみえなかった。だが、鍔鳴りは聞いた。

「用は伝えたが、番頭どのには届いたかな」

番頭は驚いて口が利けなかったが、ひりっとした左頰をなにかが伝った。手の甲で触ると、かすかに血がついていた。それで、左頰の薄皮を斬られたのだとわかった。

番頭は座ったたまうしろに両手をつき、後ずさろうとした。だが体は動かず、悲鳴にならない音が喉から洩れるだけであった。

店先にいた五人の奉公人も口をあんぐりとあけ、かたまっている。

「ひぃぃ……」

ようやく番頭が悲鳴をあげた。

奥にいたらしい奉公人が四、五人顔をだした。そのなかには飯炊きらしい女二人も混じっていた。

「なにごとだ」

暖簾を割り、体の引き締まった中背の男が顔をだした。色が浅黒く、鷹を思わせる目つきをしていたが、まだ四十まえだろう。

砺波屋の五代目甚五左右衛門にちがいない。

「こ、こ、この……ご浪人さまが……」

腰を抜かした番頭が、百合郎を指差しながら声を絞りだした。

立ったままの甚五左右衛門が百合郎をみおろし、目があった。

なにもいわず、冷たい目でただ凝視している。

「おれを用心棒に雇わぬか。月に五両でよいぞ」

顔をみるための芝居だから雇ってもらわなくてもいいし、雇ってもらえれば、内側から探れるのでそれもいい、と百合郎は考えていた。

「だれかに命を狙われるような憶えはないし、むさ苦しい者をそばにおいておきたくもない。出ていってくれ」

といい、番頭に向かい、

「足代を払ってやれ」

といい残して奥へ消えた。

番頭は奉公人の手を借りて立ちあがり、帳場格子においてあった手文庫のなかから一両を取りだして百合郎のまえに放り投げた。

「こいつはありがたい」

百合郎はそれを拾い、外に出た。

物乞いの格好をしている江依太のまえにいくと、

「旨いものでも食え」

といってその一両を菰のなかに放りこんだ。

「おありがとうござい……」

江依太の声を背中で聞いた百合郎は、北新堀町の東のはずれを左に折れ、しばらくいって味噌、醬油屋の角をまた左に折れた。

先に木戸があり、そこからみると、江依太に教えられたとおり、万年青の鉢植えがあった。

「邪魔するぜ」

表から声をかけ、黄ばんだ障子紙の右下に小兵衛とだけ書いてある腰高障子をあけた。

初老の男が竈に向かってなにか煮炊きしていたが、百合郎をみてやや腰が引けた。

直次郎が作りあげた田埜倉久蔵は、百合郎が思っている以上に危険人物にみえるようだ。

「心配するな……」

と百合郎はいい、懐深くに隠し持っていた朱房の十手を取りだしてみせた。

「変装だ」

だが小兵衛は、信じられない、という顔をしていた。

「昨夜、がっしりした体つきの男と、生き人形のような若者、二人の岡っ引きが話を聞きにきたはずだが……」

小兵衛は小さくうなずいた。

「あの二人を使ってるのはおれだ」

小兵衛はようやく納得したようで、

「脅かしっこなしにしてくだせえよ」

といい、詰めていた息を吐いた。

「実はな、砺波屋の取引先を教えてほしくてやってきたのだ。五代目甚五左右衛門がどのような人物なのか、話を聞きたいのだ」

「そりゃあ無理ってもんですよ、お町の旦那」

「なぜだ」

「商いは信用でつながってるんです。いわば、大きな家族で、砺波屋は父親のようなものです。父を悪くいえば、勘当されるのは必定でしょう。そうなると、新しい仕入れ問屋を探さなければなりませんが、父親を悪くいった話はすぐ広まって、新しい仕入れ先はなくなります」

　十年も町廻り同心をやっていれば、そんなことはとっくにわかっている。

「得意先の主人や番頭に聞こうとは思ってねえよ。おれがあたるのは、小遣い次第でなんでもしゃべる奉公人の小僧や飯炊きの婆さん、出入りの小商人だ」

「そいつは気の長い話でございますねえ」

「ああ、苛ついてなにかを蹴飛ばしたくなるが、いや、実際十年まえそれをやったが、なんにもならなかった。そこで学んだのだよ」

「なにをでございますか」

「ものは足より固い」

　小兵衛が笑った。

　百合郎は八軒のお得意先を聞きだし、表通りへ出た。

　みると江依太の菰がなくなっていた。

　どこかへ出掛けた甚五左右衛門を尾行しているか、小便だろう。

　江依太は甚五左右衛門の顔を知らないはずだが、主人が他出するともなると、番頭が店先まで見送るし、お供もつく。

　江依太が見逃すはずはないと考え、百合郎はふと、

——おれも、江依太を随分と高く買ったものだ——。

と苦笑いを浮かべた。

三

江依太が屋敷に戻ってきたのは四つ刻をすぎていた。

昼間、百合郎は変装を落として定町廻りの形に戻り、小兵衛に教えられた砺波屋のお得意先で聞きこみをおこなったのだが、聞きだせたことはわずかだった。

使いから戻ってきたらしい小僧は、

「旦那さまは砺波屋さんについてはなにもおっしゃらないので」

といい、百合郎が与えた小粒に目を向けた。なにも話がないので取り戻されるかもしれない、と案じたようだ。

小粒はそのまま小僧の手に残し、

「飯炊き女がいれば、だれにも知られずにここへくるように伝えてくれねえか」

とたのみ、もうひとつ小粒を握らせた。

ここというのは店からややはなれた稲荷の境内で、百合郎はそこで小半刻ほど待った。諦(あきら)めて帰ろうとしたそのとき、五十代にみえる女があたりを気にしながらやってきた。

百合郎の形から、このお方に呼ばれたのだとすぐ気づいたようだが、背後を振り向いてだれもいないのをたしかめてから近づき、

「なにか、わたしに話があるとか……」

と、不安そうな声で尋(たず)ねた。

「おまえをどうのという話じゃねえのだ。酒の仕入れ先の砺波屋を、おまえのところの旦那はどういっているのか、あるいはどうみているのか、それが聞きてえだけだ」

女は、話そうか話すまいかしばらく迷っていたようだが、

「小粒がもらえたって八十吉(やそきち)が耳打ちしてくれたのですが」

といって、小狡(こずる)そうな目で百合郎をみあげた。

百合郎はなんらかの手応えを覚え、財布から一分金を取りだして女に握らせた。

女の顔に戸惑いが現れ、やがて喜びを隠すためにか、歯を食いしばった。

一分といえば、蕎麦(そば)が七十杯近く食える金額だ。

「直接聞いた話じゃありませんよ。お内儀さんと話しておられたのが耳に入った

だけで……」

「うむ」

「なんでも、いまの砺波屋さんは、先代と比べると渋い。得意先をまったく信じておらず、短刀を突きつけられながら取引の交渉をされているようだ、とそんなことを。取り立ても厳しくて、旦那さんは困っておられるようです」

といって女は言葉をきり、掌の一分金に目をやっていたが、

「砺波屋さんからべつの仕入れ先に変え、嫌がらせを受けた酒屋もあるとかで、しきりに先代を懐かしんでおられました」

「牢屋同心とつきあいがあった話などは耳に入っていねえか」

「砺波屋さんが……牢屋同心の旦那とですか」

百合郎はうなずいた。

「そんな話は聞いていませんが」

「そうか、もう店に戻れ。仕事の邪魔をしてすまなかったな」

女は頭をさげ、通りの両脇に目を配ったあと、そそくさと帰っていった。

屋敷に戻ってきた江依太に湯を勧め、母のひでが調えておいてくれた夕餉を食

わせた。

「まかれました」

百合郎がなにも尋ねないのに江依太は箸をとめ、悔しそうな顔をしていった。

「妾が二人いるらしいから、そこにでもいったのだろう。気にするな」

見張りも尾行も初めてのことだから、まかれるのも無理はない。

「とはいえ、おまえをまいたということは、尾行を警戒していたということじゃねえか。つまり、五代目砺波屋甚五左右衛門にはうしろ暗いことがあるのだ」

「動かぬ手証をつかんでやりますよ」

江依太は呟き、箸を手にふたたび飯を食いはじめた。

お江依の負けず嫌いの気性は知っていたが、ここまでとは考えていなかった。

この気性は、あるときは大いに役に立つが、ある場合、一線を踏み越えて無実の人間を追いこむことも起こりうる両刃の剣なのだ。

父の三左衛門の一件が片づくまで江依太が岡っ引きをつづけていくとなれば、この剣でおのれの体を傷つけかねない。

四

次の日。

百合郎が起きるのを待っていたかのように、

「主人が、すぐ出仕するようにと……」

川添孫左衛門の屋敷に奉公している中年男が知らせにきた。

緊急の要件だとは察しがつくが、川添屋敷の奉公人も、

「なにも聞かされてはおりませんが、先ほど、奉行所から使いがみえ、なにやら話しておられました。話が終わるとすぐわたしに、雁木さまにお伝えしろと……」

といって困惑顔をしている。

「わかった……」

百合郎は伸びた月代(さかやき)もそのままに、

「江依太、起きてるか」

すでに身支度を調えていた江依太を伴い、南町奉行所へ走った。

江依太を大番屋に残し、無人の同心詰所でしばらく待つと、息をきらしながら川添孫左衛門がやってきた。

「お、雁木……早いな」

「いかがなされたのでございますか」

「外で待っている中間が現場に案内してくれる。屍体がみつかったそうだ」

「しかし、わたしは大林弥文殺しの件で手がふさがっておりますが」

「おまえに関わりのある屍体のようだぞ。いってたしかめてくれ」

「わたしに関わりがある……」

「早くいけ、すぐ検使与力さまも追いかけられる」

「はい……」

百合郎はなんとなく煮えきらない思いで立ちあがった。が、はっとした。

まさか江依太の父親の井深三左衛門の屍体ではないか、と考えたのだ。

それなら江依太を同道したくはない、と思ったが、あとでそのことを江依太が知れば、怒りまくるにちがいない。

同心詰所の外に出ると、中間が、

「ご案内します」

といって頭をさげた。

「場所は」

「深川蛤町でございます」

奉行所の正門まえの大番屋は、同心を待つ岡っ引きたちの溜まり場になっているが、早朝のせいか、江依太一人がぽつねんと座っていた。

百合郎のまえでは取り繕っているが、一人になると父のことを考え、不安や寂しさに包まれるのかもしれない。

「江依太、いくぞ」

三左衛門の屍体がみつかったのなら、遅かれ早かれ江依太の耳にも入る。それなら連れていったほうがいい。

百合郎には早朝だった。が、すでに働いている者も多く、日本橋川沿いや永代橋の上など、至るところで棒手振りや小商人と擦れちがった。橋のたもとでは小商いの商人が筵を広げ、野菜や朝顔の苗まで売っている。

南町奉行所から深川蛤町はおおよそ一里三町。鍛えられた定町廻りの足なら半刻とかからない。江依太は息をきらしながらついてきた。

中間が案内してくれたのは、蛤町と武家屋敷のあいだを流れる掘割に架かった黒船橋のたもとだった。

橋向こうの正面に稲荷がみえていた。稲荷の両脇は武家屋敷で、そちらにはひとの姿はない。

六尺棒を手にした奉行所中間が十人ほどいてなにかに背を向け、丸く取り囲んでいる。それを大勢の弥次馬が取り巻いてみている。

中間のあいだを擦り抜けてみようとする野次馬に向けて、

「立ち入ってはならん」

と叫んでいる中間の声が聞こえた。

「なにごとなんですか」

奉行所を出てから初めて江依太が口をひらいた。百合郎に必死について歩き、話などできなかったようだ。まだ多少息をきらしている。

「おれも詳しいことは聞いてねえのだ。まあ、現場をみればわかるだろう」

三左衛門の屍体ではないか、と心配しながらぶっきらぼうにいった。

弥次馬を掻き分けると、顔見知りの中間が輪のなかにとおしてくれた。

被せられた筵が膨らんでいて、なかにひとが横たわっているのがわかった。

百合郎は緊張し、顔が引き締まった。

江依太をみたが、江依太は筵をみていて百合郎には目を向けなかった。もしかすると、父ではないか、と不安を抱いているのかもしれない。

百合郎と江依太の緊張をよそに中間が屈み、筵をはぐった。

「あっ……」

百合郎も江依太も思わず声をあげた。

屍体は、まちがいなく砺波屋甚五左右衛門のそれであったからだ。

「どこでまかれたのだ」

「一色町です」

「供の者はいなかったのか」

「一人で……油堀に架かる千鳥橋あたりで駕籠をおり、一色町の路地に消えました。すぐ追ったのですが、あのあたりは路地が入り組んでいて、見失いました」

砺波屋の屍体が転がっているのは、江依太が見失った一色町から東南に五、六町ほどのところだ。

「堀に浮かんでいたのか」

案内してくれた中間に尋ねた。

屍体は水に濡れ、髷が崩れかけていて顔は真っ青だった。身につけている小袖から滴り落ちた水が、屍体の下に溜まりをつくっていた。

「近所の職人たちが引きあげたと聞いております」

腹や胸を刺されているようだが、血は洗い流されていた。昨夜のうちに殺されたのだろう。

懐を探ったが、財布はみつからなかった。

江依太は屍体を凝視し、震えている。

百合郎は、これは恐怖からではなく、怒りだろう、と直感した。砺波屋を見失ったおのれに対して怒っているのだ。

——おれさえ見失わなければ、こんなことにはならなかったかもしれない——。

と。

中間につきそわれた駕籠がやってきて、すぐそばでとまった。

医者の検視を監視するためにやってきた検使与力が駕籠につきそっている。

百合郎は立ちあがり、検使与力に頭をさげた。

顔見知りの検使与力がうなずいた。

駕籠の垂れを駕籠舁きがあげると、男が足をだして草履をはき、立ちあがった。

初老の小太りの男で、名は柴田玄庵。屍体の検分をするためにやってきた蘭方医だ。

「とおしてくれ」

弥次馬を掻き分けた柴田が百合郎に向かい、

「早いな」

といい、江依太に目をやり、驚いたような顔をした。生き人形をみたからだろうか。

「岡っ引き見習いの江依太です。こちら、奉行所と検視の申し合わせをされている、蘭方医の柴田玄庵せんせいだ」

「どうぞお見知りおきを」

江依太が頭をさげると玄庵は軽くうなずき、屈んで屍体の顔を横向きにした。

後頭部に傷がないかたしかめたようだ。

後頭部にも首筋にも、顔にも傷はなかった。

玄庵は口のなかをみようとした。だが体が硬くなりはじめているようで、口をあけるのに力を要した。

いつか玄庵に聞いたことだが、人間は死ぬとおおよそ五刻ほどで体が硬くなるという。水に浸かっていたのでたしかではないが、体が硬くなりはじめているのなら、殺されてから少なくとも五刻は経過している。

百合郎は屍体の指を触ってみた。

すでに関節が硬くなっていた。

「殺されて五、六刻ですか」

「よく憶えておったな。その見当だろう」

殺されたのは昨夜五つ刻から四つ刻にかけてだ。木戸のしまる時刻で、殺されるところや、下手人をみた者がいるとは思えなかった。

口のなかに、下手人のなにかを咬みきったものはなかった。下手人からの言伝もない。

抵抗して相手を引っ掻いたような跡は、爪にも残っていない。

襟を広げ、腹のあたりをみていた玄庵が、

「腹に三箇所の刃物傷、匕首か脇差だろう。それから胸に一箇所。これも匕首の傷だろうが、腹の傷はななめ下から刺されたもので、心の臓を貫いた傷は、正面から刺されておる。たぶん、この屍人がたおれたあとで、とどめのつもりで刺したのだろうな。あんたも知っているように、腹を刺されても、死ぬ量の血が流れださないかぎり、死なぬからな」

切腹してもなかなか死なないから、介錯をする者が必要になる。

背中をみたが刺した刃物は貫通してはいなかった。

「ななめ下から刺されたってことは、下手人は小柄ですか」

江依太が聞いた。

江依太に顔を向けた玄庵は、

「それも考えられるが、腰を屈めて力を入れ、思いきり突いたともいえる。躊躇い傷がないので、端から刺し殺すつもりだったようだな」

といった。

「ということは、最初から砺波屋を狙い、殺すつもりで襲った、と考えてもいいのですね」

江依太がいった。

「下手人が、相手を砺波屋と知っていたかどうかなど、わしにはわからぬよ、お若いの」

地道な探索でそれを突きとめ、下手人をあげるのはおれたちの仕事だ、と百合郎は思った。

玄庵は甚五左右衛門の襟を整え、あたりをみまわした。なにか、下手人の手掛かりになるものが落ちていないか、と考えたようだが、仮になにかあったとしても、あたりは屍体を引きあげた者の足で踏み荒らされているし、そもそも土が硬くて足跡などは残っていない。

現場と傷は下手人の感情を反映しているというが、現場は踏み荒らされていて下手人の感情を拾うにはむつかしい。それでも傷から受ける下手人の印象は、非常に冷酷だ。

「ここでいえるのはこの程度だな。あとは大番屋で」

検視は屍体を裸にし、体の傷から尻の穴まで徹底して調べる。弥次馬のまえでできることではない。

中間によって運ばれていく屍体をみていた玄庵が百合郎に、

「では」

といい、待たせてあった駕籠に乗り、去っていった。

百合郎は弥次馬に目を向けた。

人殺しは、おのれが作りあげた現場をみたがる、というが、殺しを厭わなさそうな者はいなかった。

ほとんどが近所の女房か棒手振り、職人、お店者で、やんちゃそうな子どもが二人混じっていた。

「みつけて引きあげた者たちは引き留めてあるのか」

案内してくれた中間に聞いた。

「はい、自身番に」

「運んでもいいぞ」

検使与力がいい、砺波屋の屍体は戸板にのせられ、検視のために大番屋へ運ばれていった。

検使与力が脇についている。

蛤町の自身番は西のはずれにあった。間口は三間だが奥行きがあまりなく、狭い畳敷きに番人ふうの初老が二人と、がっちりした若いのが一畳ほどの板の間に一人、あがり框に職人ふうの三人が不満そうな顔をして座っていた。

蛤町と墨書された腰高障子はあいていて、百合郎が入っていくと、みながいっせいにみた。そのあと、うしろについていた江依太に目を移し、百合郎と江依太の顔を交互にみている。

『生き人形と鬼瓦か、奇妙な取りあわせだ』と顔に書いてある。

三人は最後に江依太に目を移し、じっとみつめた。

「屍体を引きあげたのはおめえたちか」

あがり框に腰をおろしていた三人に百合郎が声をかけた。

江依太から百合郎に目を移した年嵩(としかさ)の男が、

「話なら手早くすませてくれ。半日分の手間賃がもらえなくなるくらいなら、屍体など放っておけばよかったのよ、と女房にどやされかねないからな」

というと、あとの二人が笑った。女房を知っているのだろうが、江戸には男の数の三分の二ほどしか女がいないので、粗末に扱うと、一生、男やもめ暮らしを覚悟しなければならない。

初老の一人が口書きをしたためている。

「屍体をみつけたときのことを話してくれ」

「暁方(あかつきがた)だったな。現場にいこうと思って三人で歩いていたら、こいつが……」

年嵩の男が、となりに座っていた小太りの男の肩をつついた。

「まだ薄暗かったから、だれかが捨てた芥(ごみ)でも浮いているのかな、と思ったんだけどよ、腕のようなものと、ゆらゆら揺れる髪の毛のようなものがみえたんで、あれは土左衛門（どざえもん）じゃねえのかって、二人を呼びとめていったんだ」

職人など、威勢のいい町人連中は、相手が町方役人だとわかっていても丁寧な言葉を使う者は少ない。

甚五左右衛門が浮かんでいた掘割は大横川（おおよこがわ）につづいているが、川といっても流れはほとんどない。あげ潮のとき水嵩が増えて動き、引き潮では水嵩が減る。屍体が引きあげられた場所からそう遠くないところで殺されて投げこまれ、潮の満ち引きに揺られながらぷかぷか浮いていたものとみえる。

「無視して仕事場にいけばよかったんだよ、土左衛門なんか引きあげねえでよ」

痩せて日焼けした男がいった。

辻番所の規程『異扱要覧（いあつかいようらん）』でも、汐入（しおいり）で発見された水死体は引きあげず、突き流してもいいことになっているので、そうするべきだったと日焼け男はいっているのだが、黒船橋ともなると汐入にはいささか遠い。

「屍体の人物を知っていたとか、そんなことはねえか」

三人が首を振った。

「奉行所から報奨金なんて出ねえのだろうな」

年嵩の男がいった。

「無理だろうな」

「だから屍体をみつけてもだれも届け出ねえんだ」

「ほかにも屍体があるのか」

陽焼け男は、鼻で笑い、

「たとえだよ、たとえ話。屍体なんぞに関わると半日も一日もしばられ、報奨金も出ねえんじゃ、やってられねえよ」

といった。いかにも拗ねている、という風情だが、多分に芝居がかったところがある。

「聞きにくいことを尋ねるが、屍体には財布がなかったのだが……」

「おれたちを盗人呼ばわりするのか」

年嵩の男が立ちあがり、百合郎に食ってかかった。

「あんたらを疑っているわけではねえよ。ただ、こういう厭なことも聞いておかねえと、上司が五月蠅えのだ。役人商売ってやつをわかってくれ」

年嵩の男がなにか呟き、あがり框にふたたび腰をおろした。

「引きあげたあと、不気味だったので、屍体をそのままにして、こいつが自身番に走った」

小太りがこいつといったのは、日焼けした男のことだった。

自身番から番太がきて、もう一人の番太が奉行所に走ったのだという。

番太はどこからか筵を持ってきてかぶせたらしい。

「筵は近所の漁師の家で借りました」

板の間でかしこまっていた若い男がいった。

財布は下手人が持ち去ったか、掘割の底に沈んでいるかのどちらかだろう。

「昨夜の帰りも、おめえたちはあそこをとおりかかったんじゃねえのか」

「いつもあの道だ。それがどうした」

日焼けした男がいった。財布の行方を尋ねられたことでだろうか、苛つきはじめている。

「一杯呑んで帰らなかったかと思ってな」

「ああ呑んだ、悪いのか」

「黒船橋のたもとをとおりかかったのは、何刻ころだった」

三人が顔をみあわせた。

「五つ刻ころだな。遅くなると次の日の仕事に差し支えるから、だいたいそのころには長屋に帰る」

年嵩の男はいってしばらく考え、

「なんでそんなことを聞くんだ」

といった。

「おめえらが引きあげた屍体だが、殺されたのが昨夜の五つ半から四つあたりなのだ。もしもその時刻にとおりかかっていれば、なにかをみたんじゃねえかと思ってな」

「まさか旦那、おれたちがあいつを殺して財布を盗んだなんて、とんでもねえことを考えてるんじゃねえだろうな」

年嵩の男がいった。

「ひと晩知らんぷりして、次の日の朝、なにくわぬ顔で屍体を引きあげたってか」

小太りがつづけた。

甚五左右衛門の傷をみるかぎり、下手人は手際がいい。

ひとを殺し馴(な)れている。

この三人か、このうちの一人がひとを殺すなら、躊躇い傷の五つや六つはつけ、結局殺すまでには至らなかったにちがいない。

しかも、玄庵の見立てでは、端から殺すつもりだったらしい。下手人は砺波屋甚五左右衛門に怨みを抱いていた奴とみていいだろう。

「いや。殺しておいて次の日の朝屍体を引きあげ、知らん顔しているほど狡賢いとは思えねえからな。もう仕事にいってもいいぜ」

と三人にいい、書き留めていた初老の男に、

「この連中の住まいと名を書き留めておいてくれ」

と声をかけると、すでにすませていると応えた。

口書きはあとで奉行所に届けるともいった。

「狡賢いとは思えねえって、おれたちの顔が莫迦にみえるっていいたいのか」

日焼けした男が自身番の外でいった。

声が聞こえた江依太が、くすっと笑った。

五

百合郎と江依太が砺波屋に着いたときにはすでに朝五つ刻近くなっていて、店はあいていた。

百合郎は黙って暖簾を分け、土間に立った。

帳場格子にいた番頭が飛ぶようにやってきて、

「もうご用はすんだはずでは……」

と非難がましくいった。左頰の傷が赤い筋になっていたが、その傷をつけたのが目のまえに立っている百合郎だと気づくことは生涯ないだろう。

「南茅場町（みなみかやばちょう）の大番屋までつきあってもらわなければならなくなった」

「南茅場町……なんのためにでございますか……いま旦那さまが他行中で、わたしが店を空けるわけにはいかないのですが」

「甚五左右衛門が殺された、といってもかね」

番頭は一瞬ぎくっとしたが、

「そのようなご冗談を……」

といって笑った。だが百合郎の表情が変わらないのをみて不安になったらしく、ごくっと喉を鳴らして唾（つば）をのみこんだ。

五人いた奉公人も、不安そうな目で百合郎をみている。

「冗談ですよね。おからかいになっておられるのですよね」

番頭の顔が引きつり、声がうわずっている。

「大番屋にいき、甚五左右衛門かどうかたしかめてほしいのだ」

番頭に聞きたいことは山ほどあるが、それは甚五左右衛門が死んだことをたしかめさせたあとでも遅くはない。

番頭は呆然とした顔で腰をあげたが、立ちあがることができず、またすとんと腰を落とした。顔は蒼白になっていて、

「しかし……旦那さまは……あの……深川に……」

と、譫言のように呟いている。

百合郎は、番頭が落ちつくまで待った。

砺波屋から南茅場町の大番屋までは七町ほどだが、歩いていけそうにない。

「だれか駕籠を呼んできてくれ」

百合郎が奉公人に向かっていった。

検視は終わったようで玄庵の姿はなく、甚五左右衛門の屍体は板の間に寝かされ、筵がかぶせてあった。

仮牢に人影はなく、牢番一人がぼんやりした顔で突っ立っていたが、江依太の顔をみて妙な顔をしたあと、慌てて、

「玄庵せんせいから見分書をあずかっております」

といって、懐から三枚ほどの書きつけを取りだした。

「それはあとからこられる吟味与力さまにわたしてくれ」

「承知しました」

ここを連絡場所にしている岡っ引きたちの姿もない。

百合郎が筵をはいだ。

甚五左右衛門の顔を覗きこんだ番頭は、

「あ……」

と言葉をのむと顔が引きつり、しばらく口を利かなかった。

百合郎は、番頭がなにかいうまで待っていた。

「お痛ましいお姿に……旦那さまにまちがいございません」

ようやく口をひらき、手をあわせた。

「お連れしてもよろしゅうございますか」

「それはあとで検分にくる吟味与力さまの許可がいるが……」

吟味与力は、柴田玄庵が検視してしたためた見分書と屍体を検分し、まちがいがないか検討する。

「そのまえにあんたと話がしたい。隠しごとをされると、下手人を逃がすことになる。それをわきまえておいてくれ」

言葉が理解できなかったかのようにしばらく百合郎の顔をみていたが、やがて、

「承知しました」

と、落ちついた声でいった。

「名を聞いておこうか」

「久兵衛と申します」

「甚五左右衛門はどこへいったのだ久兵衛。昨日の夕刻に出掛けたそうじゃねえか」

「女のところへ……深川の門前仲町に『おまさ』という女を栫っておられまして……昨夜はそこへ」

「泊まってくるはずだったのかね」

「いえ、旦那さまは、女の家にお泊まりになることはほとんどありませんでした」

「お店に帰り着くのはいつも何刻ごろだった」

「四つまえにはかならず」

「駕籠を使ってたのか」

「はい、いつも蛤町の駕籠欣を……」

久兵衛の目に涙が溜まり、それが頬を伝って流れ落ちた。話すうちに悲しみがこみあげてきたようだ。

ようやく落ちつき、起こったことを理解したのかもしれない。いままでに百合郎と話したことは憶えていない可能性もある。

駕籠を使えば、蛤町から砺波屋のある北新堀町までは小半刻とかからない。帰りがいつも四つ刻だとすると、殺されたのはやはり五つ刻から五つ半刻だ。

平仄（ひょうそく）はぴたりとあう。

「砺波屋を怨んでいた者はいなかったかね」

久兵衛は、震える左手の甲で涙を拭（ぬぐ）い、すぐには答えなかった。

百合郎は久兵衛の腕を取って板の間に座らせた。

涙が頬を伝ってぼろぼろと流れ落ちた。もう拭おうとはしなかった。しゃくりあげている。

待った。

「先代が亡くなったあとのことでございますが、小商いとの取引はすべて断り、大口との取引だけになさいましたので、怨んでいる者も多かろうと思いますが、殺されるほどの怨みとなりますと……」

久兵衛は涙ながらに、噛みしめるように話しはじめた。

「先代のころとは比べようもないほど、さまざまなことが厳しくなったとも聞いたのだが」

「はい、先代は、掛け取りは年末と決めておられましたが、五代目は月末の掛け取りになさいまして……その日をすぎるようなことがありましたら、砺波屋への出入りは差しとめということも」

「砺波屋はそれでよくそっぽを向かれなかったな」

「五代目は酒の目利きでございます。灘や京都の小さな酒蔵の酒を一手に仕入れておられまして、江戸の料理屋や大きな酒屋では欠かせない酒問屋になっております。砺波屋が見限ったら、その料理屋は潰れるとまでいわれております」

「なるほどなあ、戦々恐々としているのは料理屋や酒屋のほうってわけか」

それだけ人気のある酒が扱えなくなれば、酒屋は生き死ににかかわりはしないか。ということは、いまの取引先が怨んでいたとしても、砺波屋を殺せばおのれのお店が危うくなるので殺すことはできない。

下手人は、取引先以外、ということだ。

「出入りどめになった酒屋を教えてくれ」

久兵衛は三軒の酒屋の名を口にし、

「大きいのはそれだけでございます」

といった。

江依太が、懐に入れていた帳面を引っ張りだして書き留めた。

「このまえおれが砺波屋にいったとき、大林弥文の名をだしたらあんた狼狽えたな、なぜだ、久兵衛」

ふたたび黙りこんだ。だがこんどは涙を拭うためではなかった。

「あれは一年ほどまえのことになりますが、田代馬之助というご浪人さまが砺波屋にみえられました。重要な話があるから、主人にあわせろとおっしゃいまして」

田代馬之助というのは、大林弥文が博奕を打つときの偽名だ。

「わたしはいつものように足代を差しあげて追い返そうとしたのでございますが、『おれは牢屋同心の使いできた、杢兵衛から聞いたと伝えてもらいたい。そうすれば追い払うようなことはしないと思うぞ』とおっしゃいますものですから、気になりまして旦那さまに取り次ぎますと、田代さまを奥にとおせと……小半刻ほど話しておられたあと、田代さまはお帰りになりましたが、そのあと、旦那さまが激怒しておられまして……ええ、怖くて理由など聞けません。先日あなたさまがおみえになり、牢屋同心の話をなさったので、そのことを思いだしまして」

早く話さないと内容を忘れてしまうとでもいいたげに、一気にしゃべった。

嘘を吐いているようでもなかった。

「大林弥文を知っていたのではなく、牢屋同心と聞いて動揺したというのか」

「はい。あなたさまが帰られたあと、旦那さまに牢屋同心のことをお伝えしましたら、『なんの話だ』とおっしゃって、気にもなさっていないようすでしたので、その話はそれっきりでございました」

「田代馬之助がやってきたあとのことだが、主人の口から大林弥文の名が出たことはないかね」

久兵衛が百合郎をみた。

百合郎が甚五左右衛門のことを聞きはじめてからいちども百合郎をみていなかったのだ。

「まったく。田代浪人から大林さまの名を聞かされなかったか、聞かされたとしても、忘れておられたのだと思いますが」

田代馬之助が、おのれの名と身分を告げなかったとは思えない。とすると、砺波屋が大林の名を忘れていたのか。それなら大林を殺すために浪人を雇ったのは砺波屋ではない、ということになるのだが。

――いや、そうではないだろう――。

手証はまだないが、大林弥文を殺させたのは、砺波屋甚五左右衛門だと囁く声が、百合郎の耳の奥で聞こえていた。

砺波屋が殺されたことも、大林殺しとどこかでつながっているのではないか。

「砺波屋の妾は、深川の一人だけかい」

「いえ、浅草駒形町にもう一人、年増を」

久兵衛は、二人の妾宅の詳しい場所を教えてくれた。

久兵衛の話はほとんど役には立たなかったが、ひとつだけ、手掛かりを話してくれた。

六

「李兵衛」

江依太がいった。

百合郎は久兵衛の話を聞き終えたあと、吟味与力のくるのを待つ久兵衛を大番屋に残したまま、飯屋を探していた。

飯屋は南茅場町の東の角にみつかったが、午刻で満員だった。

しばらく外で待つと、三人連れのお店者が出てきた。

百合郎と江依太は、入れ替わりに座った。近ごろ流行りはじめた食卓に腰掛けのついた形式で、畳半分ほどの大きさの食卓に四個の腰掛けがついていた。

天麩羅蕎麦をふたつ注文したあと、江依太が、

「杢兵衛が何者か、調べられますか」

と小声で尋ねた。

「おれには憶えがねえが、川添さまならなにか憶えておられるかもしれねえ。それでもわからないときは、例繰方が書き残している御仕置裁許帳をみれば、すぐとはいわねえが、一日もあれば探しだせると思うぜ。杢兵衛がなにかをやらかしていたとしての話だがな」

大林弥文は、一年まえに砺波屋に会いにきている。そのことに杢兵衛が絡んでいるとすれば、御仕置裁許帳を一年も遡って読めばみつかるだろう。だがひとつ問題がある、御仕置裁許帳はいわば裁判記録だが、例繰方しかみることができないため、きょうたのんで明日読んでくれる、というわけにはいかないかもしれない。

「李兵衛がなにかをやらかしていたのはまちがいないでしょうが、南が扱った一件ではなかったとすればどうなりますか」

江依太が不安げな声で聞いた。

李兵衛の名にはまったく心あたりがないので、北が扱った一件ではなかったのか、とは百合郎も考えていた。

「お奉行にたのみ、北のお奉行に話をとおしてもらわなければならねえから、すぐというわけにはいかねえだろうな」

北町奉行は榊原主計頭忠之（さかきばらかずえのかみただゆき）で、遣（や）り手として名がとおっているが、両町奉行の内寄り合いはその月の六日、十八日、二十七日と決まっていて、ほかの日に会うことはない。

次の内寄り合いまでにはまだ七日もある。

そのことを話すと江依太は不満そうな顔をしたが、なにもいわなかった。

「吉治郎がなにかつかんで戻ってくるといいがな」

百合郎はいったが、吉治郎が袋井から戻ってくるまで、うまくいっても十二、三日ある。

第六章　砺波屋の妾たち

一

李兵衛のことは知りたいが、百合郎にはそのまえにやらなければならないことがあった。

甚五左右衛門の妾「おまさ」に会いに門前仲町へ向かった。

番頭に教えてもらった場所にゆくと、板塀に囲まれた小綺麗な二階家がみつかった。

板塀に作りつけの戸をあけると小さな庭があって、隅にこけら葺きの屋根つきの井戸があり、玄関まで小石が敷き詰めてあった。玄関脇に八つ手が植えられ、新芽が伸びていた。

「さすがに大富豪の妾宅ですねえ。金がかかってる」

江依太が、感心したようにいった。

玄関で声をかけて戸をあけると、はい、と返辞があり、三十五、六の、前垂れをかけた女が出てきた。

「はい……」

と、ふたたびいったが、不審そうな声に変わっている。

やってきたのが町方役人だとわかったようだ。が、背後についている江依太に目をやり、微笑（ほほえ）みを浮かべた。微笑んだのは不本意だったようで、慌てて表情を引き締めた。

おまさの身のまわりを任されている女にちがいないだろうが、表情をみるかぎり、旦那（だんな）の甚五左右衛門が死んだことはまだ知らないようだ。

「おまさと直（じか）に話したい、重要なことなのだ」

脅（おど）しと取られないように、丁寧にゆっくりいった。それでなくても、百合郎のご面相は鬼瓦（おにがわら）だ。

女は迷っていたようだが、

「お待ちください」

といい、急ぎ足で廊下を引き返していった。

奥でなにかいっている声が聞こえたが、意味まではわからなかった。そのうち泣き声がして、泣いている赤子をあやしながら二十歳まえと思われる女が廊下をやってきた。

先ほどの女もうしろについている。

「まさでございますが……」

百合郎が甚五左右衛門の死をどう伝えようかと迷っていると、

「砺波屋の旦那が川に落ちて亡くなった」

と、江依太がいった。

おまさも女も、江依太がなにをいったのかわからなかったようだ。が、泣きやんでいた赤子が、ふたたび火のついたように泣きだした。

おまさが赤子を揺すりながら、

「え……」

といい、背後にいた女を振り向いた。

女は両手を口元にあて、目を瞠っている。

「昨夜、ここからの帰りのことらしいのだが、旦那がここを出たのはいつごろだ」

百合郎が聞いた。

おまさは赤子を抱えたまま屈(かが)みこみ、荒い息をしていた。

「五つ半を少しまわったころあいでした」

女が答えた。

「酒は」

「お銚子を二本ほど呑んでおられましたが、お酒は強いほうで、それっぱかりの酒に足を取られるようなお方ではありませんでした」

「奥で休んでもいいでしょうか。目眩(めまい)と吐き気がして……」

ようやく立ちあがったおまさがいった。

女がおまさに手を貸し、奥へいこうとした。

「あんたにはまだ聞いておきたいことがあるのだ。待ってるから戻ってきてくれ」

女は振り向き、軽く頭をさげた。

庭に出てしばらく待った。

朝は晴れていたのに薄い雲が広がりはじめていて、風も吹いていた。

どこかで鴉(からす)が喧嘩(けんか)でもしているような声をあげている。

「出しゃばったことをしてしまいました」

江依太が謝った。

「気にするな。ほんとうのことが耳に入っても、おまさはおまえの言葉に縋りつける。町方役人の連れが、川に落ちて死んだと、はっきりいったのだからな」

鴉の声が静まると、目白の鳴く声が聞こえた。

庭木をみあげたが、どこで鳴いているのかわからなかった。

玄関戸のあく音がして、百合郎と江依太がそちらに目を移した。

女が玄関から出てきて、戸をしめた。

不安そうな顔をして百合郎に目をやっている。

「おまさに話すかどうかはおまえに任せるが、実はな……砺波屋は刺し殺されて掘割に投げこまれたようなのだ」

「えっ……」

あげそうになった悲鳴を、女が喉の奥へ押しこんだ。

「そういうことだ」

女は地面に目を落とした。

「そこで尋ねたいのだが、あんた、名は」

「勢といいます」

「じゃあお勢、砺波屋を怨んでいるような者に心あたりはねえか」

「たとえば、金の力でおまささんを奪われたと思いこんでいるような男はいないだろうか」

江依太がいった。

「おまささんは吉原の新造で、まだ客を取るまえに砺波屋の旦那さまに身請けされました。そのとき、わたしも吉原からこちらへ移りまして……」

だれかに怨まれるほどのつきあいはない、とお勢はいった。

「提灯はどうだった。砺波屋が帰るとき手にしてたのか」

「はい、昨夜は雲が厚く、月は隠れておりましたので」

いまの月は満月からわずかに欠けただけで、雲に隠れてさえいなければ、足元は明るかったはずだ。

「赤ん坊はまだふたつにもなってねえようだな、名はなんという」

「平太といいまして、生まれて八か月です」

砺波屋が先代からつけてもらった名、太平を逆さまにしたのだろう。

江依太もそう思ったようで、百合郎をみた。

「砺波屋におまささんを迎え入れるかどうか、考えておくといっておられたんですけどねえ……駒形町のおひとのこともありますから」

「はい、片方を正妻に迎え、片方は妾のままというわけにもいかないでしょうし」

「お滝のことだな」

「これから大変だな」

江依太が呟いた。

甚五左右衛門にはすでに嫁いでいる妹が二人いると聞いているが、妹二人が砺波屋に乗りこんできて店を仕切るなどといいだしたら、妾になど洟も引っかけないだろう。

甚五左右衛門の実の息子とはいえ、平太はまだ赤子で、砺波屋を継がせない理由などいくらでも思いつく。

おまさが浮気をして拵えた子だといいだすことも充分考えられる。

「旦那さまから、なにかあったときのためにといって百両あずかっておりますし、この家の名義もおまささんになっておりますから。まあ、十年ほどはなんとか。おまささんは世間知らずですから、わたしがついていてやらないと……家を返せといってきかねませんが、そのときはわたしが盾になります」

「そいつはいい」

江依太がいった。

お勢は顔をあげ、江依太をみて微笑んだ。

二

お滝をみた百合郎も江依太も驚いた。

年増(としま)だとは聞いていたが、妾なのだから二十歳そこそこだろうと考えていたのだ。しかし、玄関に立っているお滝は、どうみても三十を超えている。

家は仕舞屋(しもたや)で、居職(いじょく)の住まいを買い取ったのかもしれない。

玄関脇で南天(なんてん)の手入れをしていた老爺(ろうや)がいて、取り次ぎに出てきたのは老婆だったので、三人暮らしなのだろう。

お滝が百合郎をじろっと睨(にら)み、江依太に目を移した。

「旦那さまのことなら、砺波屋から知らせが届いていますよ」

お滝がいった。目が赤いのはそのせいだろう。

番頭が手をまわし、町方役人がきてもよけいなことはしゃべるな、と釘(くぎ)を刺しているかもしれない。

「まあ、立ち話もなんだから、おあがりなさいな」

お滝はいって脇に体をどけ、百合郎と江依太があがるのを待った。

百合郎は雪踏を脱ぎ、裾を払って足袋のままあがったが、江依太は雪踏を脱いだあと、手拭いで足の裏を拭った。

町人は冬のほかは足袋をはかない。

「あんたみたいな若者をみると気分がよくなるねえ。いい育ちをしている」

いってお滝は先に立ち、廊下の奥の部屋に入った。

そこは居間のようで、神棚と長火鉢、茶簞笥などがあった。

お滝は長火鉢の五徳に載っていた茶釜から急須に湯を注ぎ、茶をだしてくれた。

「悲しみが薄いんじゃないかと思っているのかもしれないけど、わたしと甚五左の旦那との関わりは、深川のお方とはちがうんでね」

お滝からはじめた話だ。なにも聞かなくても話してくれるだろう、と百合郎は考え、待った。

江依太も興味津々のようだ。

お滝はやや首をひねり、

「まあ、そういうことだね」

といい、おのれでは納得したようであった。

「旦那が殺されるような心あたり……ないねえ」

と独りごちた。

「あんたになら、悩みを打ちあけていそうだけど、どうだね」

百合郎がいった。

お滝が百合郎に目を向け、

「それって、わたしが母親のようだからって意味かい」

言葉は皮肉に聞こえるが、顔は笑っている。

「あんた、顔は鬼瓦のようだけど、頭は悪くなさそうだね。なかなかいいところをついてるよ。そういう意味でなら、さまざまな話を聞かされ、相談も受けたけど……」

といって言葉をきって茶をのみ、話の穂を継いだ。

「砺波屋の内情だから、他人さまに洩らしてもいいような話ではないし、甚五左の旦那の話では、命にかかわるようなことはいっておられなかったねえ」

お滝が百合郎の目をみた。

「これはほんとうだよ。いまさら隠してもはじまらないから。甚五左の旦那の仇を討ちたいと、いちばん願っているのはわたしだから」

「大林弥文か田代馬之助という名が出たことは」

お滝はしばらく考えていたが、やがて首を振り、

「わたしはどういうわけか、他人さまの名を憶えるのが苦手でねえ。でも、大林も田代も聞いたことないんじゃないかなあ」

といった。

「どこで知りあったんですか、砺波屋さんとは」

江依太が聞いた。

「あんた好きな女がいるんだね」

「いえ、まだ、そんな……」

といった江依太の顔が赤らんでいる。

「教えておくけどね、すぐ近くにいいのがいるんだよ。いいかい、女を捜しに遠くへ出掛けるなんてばかげてる」

「じゃあ、砺波屋さんとは近所だったのですか」

「目と鼻の先」

お滝はいって笑った。

お滝は北新堀町のお店の娘だったのかもしれない、と百合郎は思った。

妾にしたのは先代が亡くなったあとのはずだから、ずっと目をつけていたのだろうか、それとも若いときから世間に隠れてできていたのか。

もしかすると、出戻りか、とも思った。

「失礼ですが、砺波屋さんとのあいだに子どもはできなかったのですか」

お滝はちょっぴり寂しそうな顔をして江依太をみた。

「欲しかったんだけどね、できなかったんだよ。いまとなっては、子どもなんかいなかったほうがよかったのかもしれないけどね。深川のお方のことを考えると、心が痛むねえ。平太ちゃんの行く末はどうなるのか……」

しばらく話したが、相手をしたのはほとんど江依太で、砺波屋甚五左右衛門殺しの手掛かりになるようなことはなにも出なかった。

「なんだかうまくはぐらかされたような気分ですね。お滝は頭がいい」

「砺波屋は頭のいい女が好みだったのかもな、深川のお勢もできた女だ」

お滝の住まいを辞したあと、百合郎と江依太は、御蔵前の通りを南に向かって歩いていた。

そろそろ陽もかたむく時分で、空は厚い雲に覆(おお)われていていつ降りだしてもおかしくない。

「おまえ、好きな男がいるのか」

百合郎が聞いた。

「いやしませんよ」

即座に否定し、

「百合郎さまはどうなんです。おじさんは跡取りの心配をしてるんじゃないんですか」

と聞いた。

「まあな……」

百合郎は女に興味がないわけではない。

幾度か見合いもしている。だが、断られたり断ったりしながら、この歳になってしまっていた。

雁木家の跡継ぎのことがふと頭に浮かぶこともあるが、いざとなったら養子を取ればすむことだ、と考えている。

父も母も、早く嫁をもらって孫の顔をみせてくれ、などといったことはない。

「お滝の話はなにか引っかかるが、なにが引っかかるのか皆目わからねえ」

「わずかですが、上方訛りが残ってませんでしたか」

「それはおれも気づいた。もしかしたら砺波屋の近所で甚五左右衛門に見初められたのではなく、大坂からついてきたのかもな」

「すると性根の据わった辛抱強いひとですね。大坂からのつきあいなら十五、六年でしょう。それなのにお妾のままでいるのですから」

江依太はお滝が気に入ったようだ。

「おめえのおっ母さんはお滝のようなひとだったのか」

百合郎の父、彦兵衛とお江依の父、三左衛門が知りあったとき、お江依の母はすでに鬼籍のひとだった。

「よく憶えてねえのですよ。他人さまの家にあがるとき足の裏を拭くのは、父から教わりました。母と二人分のつもりだったようで父からは厳しく躾けられ、また二人分可愛がってもらいました」

江依太の声は沈んでいた。

百合郎の父の彦兵衛が聞きこみをつづけているが、三左衛門の行方の手掛かりはまったくつかめておらず、彦兵衛も途方に暮れている。

三

「先に屋敷に戻ってろ。おれは奉行所へ寄って退所届けをだしてくる」

江戸橋をわたったとき、百合郎がいった。

朝から動き詰めで足が草臥(くたび)れていたのか、江依太は反対もせずにうなずいた。みるともなく足に目をやると、かすかに、鼻緒に血が滲(にじ)んでいた。

江依太を見送った百合郎は、日本橋川をさかのぼって一石橋のたもとを左に折れ、お堀沿いを南町奉行所に向かった。

同僚はすでに退所している時刻だが、どんなに遅くなっても退所届けはださなければならない決まりだ。

正門をしめるのは暮六つなので門番がいて、

「川添さまが詰所でお待ちでございます」

と知らせてくれた。

「どうであった」

筆頭同心の川添孫左衛門は、同心詰所でなにか読みながら待っていたが、百合郎の顔をみるとその書きものを文机（ふづくえ）においた。

それは蘭方医の柴田玄庵が書いた見分書だった。吟味与力からまわってきたようだ。

百合郎は朝からのできごとを順を追って話した。

「李兵衛なあ……」

百合郎があらましを話し終わると、川添が腕を組み、考えた。

「李兵衛という名に心あたりはないなあ。明日にでも例繰方にたのみ、御仕置裁許帳にあたってもらっておく」

「この件をやらせてもらえるのですか」

「もうはじめておるではないか。吉治郎を袋井へやったことも耳に入っておるぞ」

「岡っ引き見習いが、砺波屋の実家のある袋井にいけばなにかわかるのではないか、といいだしたものですから、吉治郎にいってもらったのですが……」

甚五左右衛門が殺されたいまとなっては、殺されなければならないような理由をつかんでくるのを期待している、と百合郎はいった。

「岡っ引き見習いを使っておるのか」

同心が岡っ引きを使うのに上司の許しを得る必要はない。岡っ引きを使うのは同心の裁量に任されている。

奉行所からは、岡っ引きを使ってはならぬ、というお達しが出ているが、それは表向きのことで、岡っ引きを使わなければ事件が解決しないことはだれでも承知しているので、筆頭同心も黙認している。

「そういえば、井深三左衛門の娘はどうしておる、達者か」

川添が、思いだしたようにいった。

百合郎はまごついた。

嘘を吐くのは苦手だが、ここは肚を括るしかない。

「母の厨仕事を手伝いながら、屋敷でおとなしくしております」

「井深三左衛門の行方を早く捜してやりたいのだがなあ……なんの手掛かりもないのでは奉行所としても手の打ちようがない」

「伝えておきます」

町廻りはもうしばらく臨時廻り同心にたのんでおく、と川添孫左衛門はいい、座を立った。

百合郎は退所届けをだし、屋敷に戻った。

「川添さまも李兵衛という名には心あたりがないそうだが、あした例繰方にたのんでもらうことになった」

いっしょに食おうと、飯を待ってくれていた江依太をまえにして百合郎がいった。

父の彦兵衛は飯のあと酒を呑んでいたので、砺波屋が殺された一件のおおよその話をした。

「父上は李兵衛という名に心あたりはありませぬか」

大林弥文が、李兵衛の話を砺波屋に持ちこんだのが一年まえだとしても、李兵衛という人物は父が定町廻りや臨時廻りを務めていたころにも生きていたわけだろうから、もしかすると名を知られた悪党かもしれない、と百合郎は考えたのだ。

「悪党として名を知られた人物なら、頭のどこかに残っておってもおかしくはないのだが……」

と彦兵衛はいい、首をかしげた。

「わしも隠居して六年もたつのでな、そのあとに暗躍しはじめた悪党かもしれぬな。おまえの話だけでは、杢兵衛が悪党だとはかぎらぬようだが」

「はい。ところで、お滝という女をどうみますか」

「会っていないのでなんともいえぬが、おもしろいな。砺波屋との馴れ初めが気になる」

「わたしは、砺波屋の腹をななめ下から刺し貫いているのが、気にかかっているのですが」

江依太が鯵の身をほぐしながらいった。

鯵は三枚におろして鉄鍋で焼き、砂糖、醤油で軽く味をつけたものに摺りおろした生姜と刻んだ小葱がのっている。

「玄庵せんせいもいっておられたが、屈んで勢いをつけたから、では納得ができねえのか」

「ちょっと立ってみてくれませんか」

箸を手にしたまま江依太が立った。

「ん……」

江依太に促されて百合郎も立ちあがり、膳の脇に体を移した。

江依太は箸の手許を右手でつかみ、左掌を右手の甲にそえ、腕をくの字に折ってそのまま百合郎の腹に向かって伸ばした。

「砺波屋は百合郎さまより多少背が低いようでしたが、わたしがこのまま刺そうとすると、臍より下に切尖が入ります。それは右手だけでかまえてもおなじです。玄庵せんせいのおっしゃるように、屈んで刺そうとすると、腰をわずかに引いて刺すより、力が入らないのです」

いって江依太は座り、ふたたび膳に向かった。

「下手人はわたしくらいの背丈か、もう少し低い人物だと思います」

江依太の背丈は、おおよそ四尺八寸（百四十五センチ）だ。

百合郎は突っ立ったまま江依太をみおろしていたが、やがておのれも屈み、上向きに手を突きあげた。そのあとやや腰を引いて真正面に向かって刺した。それは剣の達人の動きで、鋭い衣擦れの音をたてた。

「なるほど」

「おまえたちが捜さなければならないのは、小柄な人殺しのようだな」

父の彦兵衛が、感心したようにいった。

百合郎にもひとつ気掛かりなことがあった。

砺波屋の腹には躊躇い傷がなかったのだ。初めてひとを殺そうとして刃物を突き刺そうとすると、恐怖心などからつい浅く刺してしまい、いわゆる躊躇い傷ができる。

百合郎がこれまでにみた躊躇い傷は、一箇所だけということはほどんどなく、三、四箇所できているのがふつうだった。

四

次の日。

百合郎と江依太は、黒船橋の近辺を聞きこんで歩いた。

砺波屋甚五左右衛門の葬儀もみておかなければならなかったが、番頭に尋ねると、きょうは通夜で、葬儀は明日、橋場(はしば)の長源寺(ちょうげんじ)で執(と)りおこなうのだと教えてくれた。そこに先代の墓もあるという。

「夜五つ半刻ならすでに寝てる時分だからねえ。火事でもなければ目なんざ醒まさないよ」

話を聞いた先の返答は言葉こそちがえ、内容はおなじようなものであった。

夜五つ半刻といえば、あと半刻で木戸がしまろうという時刻だ。歩いているのは、盗人(ぬすっと)か、呑みすぎて遅くなった酔っぱらいくらいだろう。

おまさの家のまえから路地を抜け、新道(しんみち)に出て右に折れるとすぐ堀川沿いの通りに出る。そこから西に七、八間も歩くと黒船橋だ。

駕籠欣は黒船橋から十間ほど先の角にある。

夜五つ刻ともなるとあいている店はないし、掘割の対岸は武家屋敷だから、月のない夜は真の闇といってもいいだろう。

砺波屋が手にしていたという提灯の残骸を探して歩いたが、下手人が堀に投げこんだのか、みつからなかった。

掘割は大きな石で護岸がしてあり、土も固めてあるため、争ったような跡も残っていない。二間おきに柳が植えられ、新芽を吹いた枝が風に揺れていた。

砺波屋は、おまさの家から駕籠欣にいくまでのあいだのどこかで襲われ、掘割に投げこまれたのだ。

「腹を三箇所、とどめに心の臓をひと刺し……」

江依太が呟いた。

「おまえがいいたいことはわかる」

相手が提灯を提げていてそれが目印になったとはいえ、殺しの手際がよすぎるのだ。

「だれかが刺客をたのんで砺波屋を殺させたのでしょうか」

「どうやらその線が濃くなってきたな。刺客は小柄で殺しに馴れている」


蘭方医柴田玄庵の診療所は、木挽町にあった。

二階建てで一階が診療所、二階に玄庵夫婦、それに二人の医生が暮らしている。裏は武家屋敷で、三十間堀沿いには船宿も多いが、狂言師や絵師の住まいも少なくない。

「そちらから訪ねてくるとは、珍しいな」

玄庵が百合郎の顔をみるなりいったが、そういわれてみれば、玄庵の診療所を訪ねたのはもう随分まえのことで、喧嘩で怪我した男を担ぎこんだのだった。

そのときの傷は玄庵が治してくれたのだが、男は半年もたたないうちにまた喧嘩に巻きこまれ、殺されてしまった。

百合郎と江依太がいた待合室に、二十代後半とみえる医生が茶菓を運んできてくれた。

「なにが知りたいのだ」

午まえの診療が終わったといった玄庵が、待合室にやってきて尋ねた。

「砺波屋の腹の傷のことですが、おなじような傷をまえにみたことはありませんか」

「おいおい、ああいう傷をみて忘れてしまうほど老いぼれてはおらんぞ」

百合郎は微笑み、

「実はですね、砺波屋は殺しを生業にしている者の手にかかったのではないか、という話になりましてね。こいつと」

百合郎が左の親指を立て、江依太に向かってたおした。

「腹の傷はどれも深いと書いてありましたね」

ほかに傷はなく、殴られたような跡もなかったと見分書にはしたためてあった。

「最初から殺すつもりで、躊躇いなく刺したと考えられます。素人にできることではありません」

「そういうことか。殺しを生業にしている者がだれかに雇われたのなら、おなじような殺され方をした屍体がほかにあるかもしれないと、そう読んだのだな」

「殺しの手口はなかなか変えられませんから」

「玄庵せんせいに憶えがないのなら、北町奉行所と申し合わせをしている蘭方医がみているかもしれません」

江依太がいった。

北と南、両奉行所はひと月おきに当番と非番を繰り返す。

南町奉行所が非番のときの殺しなら北町奉行所が担当し、詳しいことは南には聞こえてこない。

事件の概要を知りたいと考え、奉行所が保管している見分書を他奉行所の同心が読もうとすると、めんどうな手続きを踏まなければならないし、日数もかかる。

玄庵がうなずいた。

「北の検視医の三宅圭心（みやけけいしん）とは長崎にいたころからの知りあいだから、紹介状を書いてやろう。それが狙いできたのだろう。わしが砺波屋とおなじような傷をみたことはないと知ったうえでな」

玄庵は百合郎をみて笑った。

百合郎は右の中指を右の眉にあてて苦笑いを浮かべた。

「玄庵せんせいにはかないませんね」

三宅圭心は五十代半ばの、丸坊主の人物だった。わずかに伸びた髪は、ほとんどが白かった。だが眉は黒々として太く、目尻はさがっているが、鋭い目つきをしている。

百合郎の持参した玄庵の紹介状を読み終えた三宅圭心は、もういちど百合郎に目をくれ、その目を江依太に移した。

「南の同心が訪ねてきたことは内緒にしておくが、話せないこともあるぞ」

三人がいるのは、三宅圭心の診療室だった。

十畳ほどで、畳表の張られた寝台があり、圭心と百合郎は腰掛けに座っていた。圭心のまえの机には、治療に使うのだろう、さまざまな道具があった。

江依太は百合郎の脇に立ち、興味深そうに小さな刃物をみている。

三人の若い医生と、お内儀が手伝っているようだが、百合郎と江依太が呼びこまれると、頭をさげて席をはずした。

「話せる範囲でかまいません」

といって百合郎は言葉をきり、話の穂を継いだ。

「実は、酒問屋の砺波屋の主人が殺されたのですが、その遣り口があまりに手際がよかったものですから、殺しを請け負っている者の仕業ではないか。それなら、まえにもやっているかもしれない、そう考えまして、玄庵せんせいにお伺いしたら、そんな傷には憶えがない、とおっしゃいましたので」

「それでわしのところにきたのかね。で、その傷とは」

「ななめ下から躊躇いなく三度、深々と腹を突き刺していました。心の臓に達する胸の傷は、とどめではないかと」

圭心は腕を組んで考えこんだ。

「あれは、まえの、そのまえの北の当番のときだから、正月半ばのことか。雪が降っておったな。たしかに、いまあんたが話したのとおなじような傷の屍体だった」

あとでわかったことだが、屍体は博奕打ちで、裏者にはかなり名の知られた男だったと圭心はいった。

「夜間瀬の矢吾郎とかいったな。本厄だとか聞いたので、四十二か」

「担当した同心の名はわかりませんか」

「わしらは、わしらというのは柴田玄庵も含めてのことだが、検視をし、見分書を書くだけで、そのあとだれがどう動くのかまではわからぬ。あの屍体の探索はいまこういう状況になっています、とわざわざ報告にくる同心はおらぬからな。

あんたも玄庵のところに知らせにはゆかんだろう」

　といったとき、

「せんせい、亭主が屋根から落ちて足を折ったようなんだ」

　といいながら中年の女が診療所へ駆けこんできた。あとから、これも中年の男を戸板にのせ、四隅を持った男たちが入ってきた。

　百合郎は椅子から立ちあがって場所を譲った。

「よし、そこの寝台に寝かせろ、宮本金五郎」

　三宅圭心が叫んだ。

　足を折った男が寝台に運びあげられているあいだに百合郎は深く腰をおり、診療所を辞した。

　待合室にはだれもいなかった。

「だれに向かって宮本金五郎って叫んだんですかね。戸板で運んできた四人も、足を折った者も町人だったようですけど」

　南小田原町の堀沿いを歩きながら、江依太がいった。

　ほとんどの町人には姓がない。

「おれに向かって叫んだのだ」

「宮本金五郎……知ってるんですか」

と江依太はいい、はっと閃いたような顔をした。

「夜間瀬の矢吾郎殺しの探索にあたっている北町奉行所の同心……ですか」

百合郎はうなずいた。が、三宅圭心が気を遣い、担当している定町廻り同心の名を叫んでくれたときから、陰鬱な気分に陥っていた。

「同心の名がわかってもあまり嬉しそうではありませんね」

「宮本金五郎とは八丁堀の組屋敷が近いけどな、顔をあわせても挨拶などなしだ」

「なにかあったんですか」

百合郎は話すか話すまいか迷っていたが、

「奴のほうが四歳年上なんだが、おれは十五歳まで、八丁堀の同心がかよう道場で剣術の稽古を積んでいたのだ。そのころの奴はなかなかの腕で、子分のような連中を三人引き連れ、弱い者虐めを繰り返していた」

「宮本金五郎に決闘でも挑んだのですか」

百合郎が、怪訝な顔で江依太をみた。

「なぜそう思う」

「百合郎さまは一本気ですから。というより、一本気すぎて、おのれの立場も忘れて突っ走るお方ですから」

「許せねえと思うと、もう体が勝手に動いてるんだよ。性分だから変えようがねえ」

「で、どうなったんですか」

「おれは腕を折られた」

「それはまた……」

「だが、おれは奴の足をへし折ってやった。それから犬猿の仲だ。そのことがあってから、おれのまえでは悪さはしなくなったが、おれが無双一心流の道場へ移ってからのことはよくわからねえ。どれほどの腕になっているのかも、知らねえのだ」

「では、夜間瀬の矢吾郎殺しの探索がどれほど進んでいるかを聞くわけにはいきませんねえ」

「聞いても教えてくれるとは思えねえからな」

だが、なにかを知っていそうな裏者ならいる。

五

安食の辰五郎の博奕場は日によって変わるため、きょうどこで開帳するのかはわからないが、岡っ引きの吉治郎が辰五郎の住まいを教えてくれていた。

百合郎と江依太は昼飯を食い、そこへいった。

売り出し中の博徒だから他を圧倒するほどの家に住んでいると思っていたが、そうでもなく、どこにでもあるような二階家だった。

突然訪ねていって会ってくれる証(あかし)はなかったが、そんなことを危惧(きぐ)していては町方役人などやっていられない。あけ放ってあった玄関先で声をかけた。

取り次ぎに出てきたのはいかにも跳ねっ返りらしい、世のなかを小莫迦(こばか)にしたような目つきの若者だった。が、訪ねてきたのが町方役人だと知ると、肩を怒らせ、裾をひらいて粋(いき)がった。

百合郎が若者の懐(ふところ)から素早く奪い取った九寸五分(あいくち)を鼻先に突きつけ、

「これを懐にしているだけでも縛(しょ)っ引けるのだぞ。その歳で遠島になりたいか。島には食いものがなく、ほとんどの罪人が一年も我慢できずに海岸の崖(がけ)から飛び降りるか、餓え死にするそうだ」

と軽く脅すと、

「できは悪いが、おれの甥っ子なんだ。そのあたりで勘弁してやってくれませんかねえ、雁木の旦那」

という声が聞こえ、薄暗い廊下に立っている辰五郎の姿があった。表情まではわからなかったが、笑っているようだ。

廊下をゆっくり歩いてきた。

「博徒仲間の目もあるので、町方役人を家にあげるわけにはいかねえが……」

と辰五郎はいい、甥っ子が下駄箱から出した柾目のとおった下駄をはいた。

用心棒の手塚四十郎の姿はなかった。博奕場の用心棒として雇われているのかもしれない。

「だれもついてこなくていい」

甥っ子に声をかけ、先に立った。

辰五郎の住まいの裏手に稲荷社があった。

辰五郎は赤い鳥居をくぐり、掘割に水溜まりもない太鼓橋をわたって境内に入っていった。

太鼓橋をわたり終えたあたりから十数本の朱塗りの鳥居がならんでいて、両脇に幟がはためいていた。

小さな本殿には五段の板の階段がついていて、そのうえに玩具のような賽銭箱がある。

辰五郎は階段の三段目に腰をおろし、百合郎をみあげ、その目を江依太に移した。

「きょうは随分小粋なのを連れているじゃねえか。吉治郎はどうした」

「酒問屋の砺波屋が殺されたことは耳に入っているか」

「いや、砺波屋なんて知らねえしな」

「吉治郎は砺波屋の故郷へ聞きこみにいっているのだ。東海道の袋井」

吉治郎が聞きこみにいったあとで砺波屋は殺されたのだが、それはどうでもいいことだった。

「江戸と大坂との中間じゃねえか、ご苦労なことだな。で、おれになにを尋ねたい。あんたの知りあいの化粧師に世話になることがあるかもしれねえ」

と辰五郎はいい、いまからあんたには恩を売っておかないとな、といった顔が笑っていなかった。

化粧師の世話になる日がくると、あんがい本気で考えているのかもしれない。

「夜間瀬の矢吾郎を知っていたか」

「ああ、縄張のことで対立していた、といってもいいかもしれねえな。おれが奴の縄張を奪おうとしていたというのが真相だがな」

「あんたが刺客を雇って夜間瀬を殺させたのか」

辰五郎が顔をあげた。

憤慨し、食ってかかるかと思ったが、笑っている。

「あんた、妙な奴だな。うちの手塚先生にも、大林を殺したのはあんたか、と直接問うていたようだが、思慮深さとか、遠まわしに探りを入れるとか、探索の技巧ってえのを、見習い時代に身につけなかったのか」

江依太がかすかな苦笑いを浮かべ、それを悟られないようにか地面に顔を向けた。

「それともうひとつ、刺客を雇って殺させたとはどういう意味だ」

「北の宮本という定町廻りがなんやかやと執拗に聞いたはずだが、おれにもおなじことを話してくれ」

「おれの問いは無視か」

と、辰五郎は拗ねた素振りをして、

「あの間抜けと知りあいか」

と尋ねた。

江依太は二人の話を楽しんでいるようだった。

楽しんでいないとしても、辰五郎を気に入ったようだ。興味深そうに辰五郎をみている。

「奴にはなにを尋ねられた」

おのれの問いには答えてくれないと悟ったようで辰五郎は、ちっ、と口を鳴らし、階段の五段目に体を移した。

立った百合郎にみおろされるのが我慢できなかったようだ。

百合郎は三段目に腰をおろし、柱に背を凭せかけて辰五郎に顔を向けた。

辰五郎がややみおろす位置に百合郎の頭があった。

「奴は、夜間瀬の矢吾郎が殺された日、おれがどこにいたのか尋ねた。おれがどこにいようと、家にいたと証言してくれる配下は二十人はいる。間抜けな問いかけだと思わねえか」

　といって辰五郎は笑った。

「問い、対立していたそうだな。答え、ひとにはそうみえたかもしれないが、会えば笑って挨拶する仲だった。矢吾郎を怨んでいた者を知らないか。おれを怨んでいる奴さえわからねえのに、ひとのことまで気にしちゃいられない。こんな間の抜けた遣り取りがいくつかあって、奴はむくれたようだったが、最後になんといったと思う」

「夜間瀬の矢吾郎を殺した証を手に入れ、きっとおまえを縛っ引いてやる。憶えとけ」

　百合郎がさらりといった。

「あんた、あのとき隠れてみてたのか」

　いった辰五郎が声をあげて笑った。

「そのあとなにかいってきたか」

「いや、なにもつかめなかったとみえて、それっきり」

　辰五郎は、こんどはそっちが話す番だというように、軽く顎をしゃくった。

「砺波屋を殺した下手人と夜間瀬の矢吾郎を殺した下手人がおなじ人物だと思われるふしがあるのだ。それで宮本金五郎の探索がどこまで進んでいるのか知りたかったというわけだ」

「砺波屋ってのは聞いたことがねえが、酒問屋だといったな。夜間瀬の博奕場で遊んでいたのか」

「そうか、そこには考えが及んでいなかったな。なるほど、隠れて博奕場に入り浸っていて、夜間瀬と連んでなにかをやっていたとすれば、二人が殺される動機にはなる。だが、夜間瀬を殺したあと、三月もあいだをおいて砺波屋を殺すのは解せんな」

「からかっているような口振りだな」

辰五郎が口を尖らせた。

「いや、考えを口にしただけだ。いまのところ考えられるのはふたつ。夜間瀬と砺波屋につながりがあって殺された。もうひとつは、二人にはなんのつながりもなく、二人を殺した刺客はそれぞれべつの人物に雇われた」

「夜間瀬殺しをたのんだのはおまえだ、などといいだすんじゃねえぞ」

辰五郎がいった。

「それはわかってる。あんたならひとにたのむようなことはせず、おのれで闇討ちするだろうからな」

辰五郎が苦笑いを浮かべた。

「闇討ちか、それも悪くねえな」

「夜間瀬のことを話してくれ」

百合郎がいった。

「会えば挨拶する程度だった、といわなかったか」

辰五郎がいった。

「どんな挨拶だったのですか」

黙って聞いていた江依太がはじめて口をひらいた。

「どんな挨拶って……」

江依太をみた辰五郎がやや考えた。

「そうだな、息子は元気か、とか」

「夜間瀬には息子がいたのですか」

百合郎は黙り、江依太に任せた。

辰五郎がいうところの、思慮深さや、遠まわしの探りは、江依太のほうがうまいと、この四日のつきあいでわかっていたからである。

「ああ、妾に生ませた息子だが、十三か十四になっているはずだ」

北の検視医の三宅圭心は、矢吾郎は厄年だったといっていた。

「女房はいなかったのですか」

「二年まえに殺された。下手人は夜間瀬の手によって闇に葬られたって噂があったな」

「女房が殺された動機はなんだったのですか」

「そこまでは知らねえな。夜間瀬の跡を、笠懸の拓造ってえのが継いでるから、そいつなら知ってるかもな」

「矢吾郎って信州の出なのですか」

「なぜそう思うのだ」

「信州に夜間瀬という土地がありますから。笠懸というのは上州にありますね」

「詳しいな」

辰五郎が驚いたような顔をした。

「ものごころがついたころから、その場所を旅しているつもりで切り絵図を眺めていましたから。そういえば、場所は忘れましたが、安食というのも地名ですよね」

といって江依太は照れ笑いを浮かべた。

「おめえ、変な野郎だな」

「夜間瀬と笠懸は幼馴染(おさななじ)みだったのでしょうか」

「いや、二人が幼馴染みかどうかは知らねえが、少なくとも拓造はまだ四十まえのはずだぞ」

「矢吾郎と拓造の仲はどうだったのでしょうか」

「拓造は矢吾郎の懐刀(ふところがたな)で、頭のきれる野郎だからな、気に入らねえことがあってもうまく立ちまわっていたのだろうな。それですんなり跡目も継ぐことになったのだろうよ」

「あまり好きではないようですね」

「矢吾郎のほうがわかりやすかった、というだけの話だ」

「矢吾郎の女房はいくつのとき殺されたのですか」

「ほんとうの歳は知らねえが、いい女でな、二十七、八だろうな。ついでにいうと、夜間瀬は女房とのあいだに子どもがいたのだが、病で亡くしている」

「拓造は二枚目なんでしょうね」

「おめえ、ほんとうにおもしれえな。どうだおれの目と耳にならねえか。給金は月に十両」

「悪党の下につくより、悪党を捕まえるほうがおもしろそうですから」

これで腹を立てるようなら、辰五郎も大した男ではない。

「雁木の旦那に虐められたら、いつでもこい……と、拓造は、おめえの想像どおり二枚目だ。二人ができてたら……」

「いっしょに逃げてくれなければ矢吾郎に話す、と女房が拓造に迫ったら……」

「その筋立てでは戯作者になるのは無理だな」

「近ごろの戯作は筋に凝りすぎて、なにかが足りないと思いませんか」

「ふん、知るか」

辰五郎が鼻で笑った。

「おもしろそうな話をしているところ、割りこんで悪いがな、現に引き戻させてもらうぞ」

百合郎がいった。

「夜間瀬を怨んでいるような奴を知らないか」

「おれ」

辰五郎が軽くいった。

「怨みとは多少ちがうが、そのうち、夜間瀬の縄張の半分はぶん取ってやろうと考えていたからな。それが、拓造が後釜に座ったことで、頓挫(とんざ)しちまった」

「拓造のことでもいいし、夜間瀬のことでもいい、なにか耳に挟んだら、おれの耳にも入れてくれ」

辰五郎はちょっと考え、

「そのことだがな、裏者のあいだで、ある噂が流れているのだ。ほんとうかどうかは保証のかぎりではねえよ」

と声を潜めた。

「どんな噂だ」

「金をもらってひとを殺している連中がいるって噂だ。『牙貸し(きばか)』というらしいぜ」

「牙貸し」

「ああ、牙を持ってねえ連中に牙、つまり腕だな。それを貸して噛み殺してやるって、そういう意味だそうだ。けったくそ悪い話だが、おれの耳に入っているのはそこまでだ」

といって辰五郎は立ちあがり、

「それからな、おれんところにあんまり顔をだすな。奉行所と連んでると思われてはあとあとの商いがやりにくい」

といい、五段の階段をひょいと飛び降りた。

「拓造の住まいは」

百合郎が聞いた。

「下谷車坂町、長者町のとなりだ。いけばわかる」

辰五郎は背を向けたままいい、歩き去った。

「ついていかなくてもいいのか、遊んでいて月に十両だぞ」

百合郎がいった。

岡っ引きには決まった給金などない。もらえるのは、気が向いたときに同心がくれる小遣いだけだ。

「二十両だったら、ちょいと心が動きますがね。おいらの目と耳を買うのに十両では安い」

歩きはじめた江依太がいった。

「おきやがれ……だが、よく聞きだした」

「拓造に会うつもりですか」

「おめえらがおもしれえ話をしてたからな、会わずにすますのは惜しいだろう」

第七章　暗殺者集団『牙貸し』

一

下谷車坂町は飛び地で三箇所に点在しているが、長者町のとなりの車坂町は下谷広小路の南にあった。

通りに向かって料理屋や唐物（からもの）を商う店などがならんでいるが、新道の入口に目つきの悪い若者二人が立ち、通行人を睨（にら）んでいた。

辰五郎が、いけばわかる、といったのはこのことだろう。

月代（さかやき）を伸ばし、懐手（ふところで）をしていた猫背の若者に、

「笠懸に、南の雁木が会いたがっていると伝えてくれ」

というと、若者は百合郎の頭の天辺（てっぺん）から爪先にまで目を這わせ、

「町方役人なんぞに用はねえ。それにいま親分は他行中だ」

と、薄笑いを浮かべていった。

その顔を江依太に向け、腰を折って覗きこんだ。

江依太は平然と受けとめている。

「おまえ、他行の意味を知ってるのか。家で女と乳繰りあってる、という意味だぞ。それをおいらたちにばらしたことが知れたら、袖ケ浦の鱶の餌だな」

江依太がいうと、若者の顔が引きつった。

「さっさと取り次がねえか」

百合郎が怒鳴った。

若者二人が顔をみあわせ、うなずきあった。

他行だといった若者が、新道を走った。

「おまえ、名はなんというのだ」

残った背の低い若者に百合郎が尋ねた。

体格からして、もしかするとこいつが殺し屋か、とも思ったが、人殺しの目ではない。

百合郎も、いままで三人を斬り殺している。相手が悪党だったとはいえ、人殺しにはちがいない。おのれではその変化に気づかないが、人殺しの目つきをしているのはあきらかで、じっと睨むと、子どもに逃げられることも多い。

鬼瓦（おにがわら）に睨まれたから怖くて逃げた、のかもしれないが。

「源太（げんた）」

若者がいった。もう一人の若者ほど意気がってはおらず、町方役人にへつらってもいない。

「夜間瀬の親分についていたのか、源太」

源太がうなずいた。

「夜間瀬はどういう親分だった」

「めんどうみのいい親分で、よく小遣（こづか）いを頂戴いたしました」

「どういう状況で殺されたのだ」

源太が黙りこんだ。

「もしかして、妾（めかけ）の家から出てきたところを刺し殺されたのか」

源太がびくっとして百合郎をみあげ、新道の奥に目をやり、だれもいないのをたしかめてからうなずいた。

「夜間瀬を殺しそうな奴に心あたりはねえか」

源太は頭（かぶり）を振り、

「でも……『博徒ってえのはな、いつ、だれから、どんな怨みを買うかわからねえ。おめえらも、おれの配下でいるかぎり、暗い道ではうしろに気をつけて歩けよ』といわれたことがあり、それは頭に残っております」

といった。

「夜間瀬の賭場の壺振りの腕はどうだったのだ」

「おれにはよくわかりませんが、笠懸の親分が跡目をお継ぎになったとき、おんだされました」

腕のいい壺振りは、客に大損させるようなことも大勝ちさせるようなこともせず、そこそこ遊ばせる。だが腕の悪い壺振りはそのあたりの匙加減ができず、つまりは賽の目を操る腕がないため、胴元に怨みを抱く客をもつくりだす。

「夜間瀬に比べて笠懸のお頭はどうだ」

「おれのような屑は、だれかの庇護の元じゃねえと生きていけねえのです。傘を悪くいうわけにはいきやせん」

「おめえは屑なんかじゃねえよ。その頭があれば、どこでもまっとうに生きていけると思うぜ」

言葉使いもしっかりしているし、言外に、笠懸はろくな親分ではない、と仄めかしている。

源太は首を振った。

勿体ないことだ。

「もうひとつ尋ねるが、『牙貸し』というのを聞いたことはねえか」

源太は二十歳そこそこにみえるが、それなら裏者を少なくとも四、五年はつづけているはずだ。耳にしたことがあるかもしれない、と百合郎は考えたのだ。

「いえ、なんですか牙貸しというのは」

笠懸に取り次ぎにいった若者が駆け戻ってきた。

「親分は会うそうです。この先の料理屋『芭蕉屋』で待っていてくれといっていました。案内します」

若者は先に立って歩きはじめた。

案内されるまでもなく「芭蕉屋」は新道の角から三軒目にあった。古い二階家で、通りに面した二階の窓に早くも簾がかけてあった。

若者が山葵色の長暖簾を分け、

「親分の客人だ」

というと、女中頭のような中年の女が、

「どうぞ」

と、不機嫌そうにいって二階への階段をのぼりはじめた。

若者は百合郎に軽く頭をさげ、江依太をみくだすようにして帰っていった。

「おいら外で待ちます」

江依太がいった。

「おめえはおれがみえねえものがみえる、そばにいろ」


二階にあがると廊下の障子があけ放ってあり、眼下に庭園ふうの庭がみえた。隅に芭蕉が五、六本植えられていて、青々とした新芽が伸びていた。古い皮は取られ、手入れがゆき届いている。

「こちらでお待ちください」

女中が案内してくれたのは、十二畳ほどの床の間つきの部屋だった。

伊万里焼(いまりやき)の花器に零(こぼ)れんばかりの金雀児(えにしだ)が活けてあり、山水の軸がかけられてあった。

木の根元を真横に切りだしたような畳一枚分ほどの食卓は、厚みが半尺ほどもある。

年末に畳表を張り替えたばかりのようで、まだかすかに藺草の香りが漂っていた。

「なんだか居心地が悪いですね」

あたりをみまわしながら江依太がいった。

「この部屋をみると笠懸って奴がなんとなくわかるような気がするな」

「見栄っ張りの派手好み。妾も四、五人はいそうですね」

「男が妾をもつことが気にならないのか」

「それで女が泣いていなければ」

と江依太はいい、

「お滝さんはどうだったのですかねえ」

と、遠くをみるような目つきをした。

小半刻ほど待たされたあと、階下で女中の、

「お二階でお待ちでございます」

という声が聞こえた。

百合郎は食卓のまえで胡座をかき、すぐ手に取れるように左脇に刀をおいていた。

江依太は座敷の隅にちんまりと座っている。

なにもいわず、ひょろっとした背の高い男が部屋に入ってきた。

青丹地に縞の着流しで懐を大きくあけ、月代を伸ばして小さな髷を結っている。

顔色は蒼白く、ぎらっとした目つきをしているが、みようによってはなかなかの二枚目だ。

立ったまま百合郎に目を向けている。笠懸の拓造だろう。

あとから二人の浪人が入ってきて、笠懸の両脇に立った。

二人とも三十代。かなりな遣い手のようで、これも突っ立ったまま百合郎をみおろしている。

笠懸の右手に立った浪人と目があった。刹那、浪人が針のような殺気を放ってきた。

百合郎はみつめ返し、微動だにしない。

「そっちの望みどおり、会ってやったぜ。これでいいだろう」

笠懸がいい、踵を返した。

「待て、夜間瀬の矢吾郎を殺させたのはおまえだな」

笠懸が立ちどまった。

なにかいい返すのかと百合郎は考えたが、なにもいわずにふたたび歩きはじめた。

「そのうち縛(しょ)っ引きにいくから楽しみに待ってろ。獄門台(ごくもんだい)に送ってやる」

笠懸はなにも答えず、階段を降りていく足音だけが聞こえてきた。

二

「どうみる」

笠懸が引きあげてから、百合郎が江依太に聞いた。

「百合郎さまをかなり警戒していたようですね。すでに百合郎さまを知っていたのかもしれません。黙(だんま)りを決めこんだのは、ちょっとした言葉の遣(や)り取りで肚(はら)を探られたくなかったからでしょう」

「夜間瀬殺しをだれかにたのんだのは、笠懸ではないな」

「そのようですね」

「まあ、砺波屋殺しの下手人（げしゅにん）をあげれば、夜間瀬殺しも解明できるだろう」

退所届けをだすために奉行所に戻ると、思いがけないことが百合郎を待ち受けていた。

「しかし……両町奉行の内寄り合いはまだ先のはずでは」

「内寄り合いで願い出てもらう、とはいってないぞ」

筆頭同心の川添孫左衛門が笑いながらいった。

「北の臨時廻りに、親しくしている者がおるのだ。釣り仲間なのだがな」

川添孫左右衛門の話では、北町奉行所の一年半ほどまえの御仕置裁許帳に、盗人杢兵衛の名が記載されていた、という。

「しかもだ……いくら肝（きも）っ玉の太いおぬしでも、これには驚くぞ」

「なんですか、じらさないでください。気も短いのですから」

「なんと、杢兵衛のとおり名が『袋井の杢兵衛』というのだ」

「袋井……」

川添の期待どおり、百合郎は声をあげた。

杢兵衛は東海道から江戸にかけて荒らしまわっていた盗人の一味だったという

が、江戸で仲間三人と共にお縄になった。

　四人共ども獄門の裁きがくだされたが、杢兵衛は牢屋敷の牢で熱病にかかり、そのまま十日ほどで死んでいる。

「いまとなってはたしかめることはできぬが、熱病で浮かされた杢兵衛が、砺波屋の秘密を洩らしたことは、大いに考えられるな」

　川添が腕を組んでいった。

「それを看病にあたっていた大林弥文が聞いてしまった。これ幸いと、砺波屋を強請りにかかった。砺波屋甚五左右衛門という悪党を甘くみて……ですか」

「まあ、そんなところだろう」

　想像にすぎないが、この仮説は的を射ているような気がする。だが、砺波屋が雇い、大林弥文を殺させた浪人の正体はわからない。たぶん、この件が解決しても、永遠にわからないかもしれない。

　浪人の正体を知っているのは、砺波屋甚五左右衛門ただ一人なのだから。

「そこまではわかったが、砺波屋が抱えこんでいた、他人に知られたくない秘密というのがわからねえ。それがわかれば、砺波屋殺しを依頼した者の姿も浮かびあがってくるような気がするのだが」

　屋敷に戻った百合郎が、夕餉を取りながら江依太にいった。

　百合郎の父の彦兵衛もいつものように、百合郎と江依太の話を聞きながら晩酌をしていた。

「杢兵衛は『袋井の杢兵衛』と名のっていた。ということは袋井になんらかの関わりがあるはずです。たぶん袋井の生まれでしょう。それなら砺波屋の秘密を知っていてもおかしくありません。吉治郎親分がなにかつかんで戻ってこられるのに、期待が高まりますね」

　期待の吉治郎は、ちょうど袋井に着いたころだろうか。

「おまえが閃いた、太平他人説が現実味を帯びてきた。が、実のところ、いまとなっては砺波屋の秘密より、安食の辰五郎が洩らした『牙貸し』というのがおれは気になってるのだがな」

「江戸も、闇が深くなってしまったなあ」

　彦兵衛がいった。

「わしらの若いころの闇は、向こうが見通せたものだが」

　母のひでがやってきて、

「伊三というひとが玄関に。百合郎どのに会いたいそうですよ」

といった。

「伊三……」

伊三というのは吉治郎の息のかかった下っ引きで、百合郎も幾度か顔をあわせたことがある。

もしや、旅の途中で吉治郎になにかあり、早飛脚で知らせでもきたのか、と不安を抱えながら玄関に急いだ。

江依太もついてきた。

伊三は鋳掛屋で、張りこませるのに都合がいいと吉治郎がいっていた。吉治郎の期待どおりなかなか機転の利く男で、歳は四十代後半。三人の娘の父親でもある。長女はすでに嫁いでいて、子どももがいる。

「なにかあったのか」

百合郎が尋ねると、伊三は百合郎の背後にいる江依太に顔を向け、しばらく目をはなさなかった。

「ああ、おまえたちは初対面だったな。こいつは岡っ引き見習いで江依太。甥っ子なのだ。そっちは吉治郎の配下の伊三だ」

「どうも、いや、こいつは、生き人形のような……」

「どうした」

「あ、はい。親分にしばらく見張っていろといわれた『冨田屋四郎兵衛』のことですが、親分は袋井に遠出なさっておいでだし、雁木さまはようすをみにこられることもないし、いつまで張りついていればいいのかと思いまして」

百合郎は一瞬、伊三がなにをいっているのかわからなかった。

「左頬に傷のある『水油問屋』の主人ですね」

江依太が助け船をだした。

「そうだった……」

冨田屋四郎兵衛を訪ねたあと砺波屋の一件が起こったため、冨田屋のことは百合郎の頭から抜け落ちていたのだ。

「まああがれ、呑みながら話そう」

伊三はいける口だ。

「とんでもねえ、旦那(だんな)の屋敷の玄関をまたぐだけでも恐れ多いのに」

「気にするな。放っておいた詫(わ)びだ」

伊三は彦兵衛とも顔見知りだった。

ひでが酒と肴を調えてくれ、伊三も夕餉の仲間に加わった。

「下っ引きの目でみて、こいつは怪しいと思うようなことがみつかったのか」

「いえ、なにも。水油問屋仲間の集まりとか、千住にある『喜願寺』に出掛けたくらいのもので、怪しいところはなにも」

といって伊三は盃を空け、

「喜願寺ってえのは、両親に死なれた子や、捨てられた子を集めて養っている寺でしてね、十五になったら奉公先をみつけて奉公にやるのですが、冨田屋のような分限者から、寄付を募っているという噂でした。冨田屋四郎兵衛、みた目は悪党面ですが、根は善人のようですね」

といった。

駕籠も町駕籠で、用心棒もつけていないという。

見張っていたあいだは、妾の家にいくこともなかったとか。

「もっとも、四郎兵衛旦那は入り婿だとかで、お内儀さんには頭があがらないという近所の噂ですがね。ああそうでした、十八の、嫁ぎ先が決まっている娘と、その下に十六のあまりできのよくなさそうな息子、その下に二人の娘がいます」

「その喜願寺から雇い入れた奉公人はいないのですか」

江依太が聞いた。

「二人います。一人は十六、もう一人は二十二だとか。二十二のほうは目端の利く奉公人になっておりまして、四郎兵衛からは目をかけられているようでございます。十六のほうも、抜け目がねえような顔つきをしております」

伊三は、なぜ吉治郎が袋井までいったのかの理由などを尋ね、納得すると、夕餉の礼をいって立ちあがった。

百合郎だけが玄関まで送りに出てきて、

「明日から、冨田屋の見張りはやめてもいい。これで孫が喜びそうなものを……」

といって一分金を握らせた。

伊三は、恐縮して帰っていった。

百合郎はそれきり冨田屋四郎兵衛のことは忘れた。

三

五代目砺波屋甚五左右衛門の葬儀は、橋場の長源寺で小雨のなか執りおこなわれた。

寒くはない。

江戸の人々が袷から単衣に替えるのは五月五日で、もう少し先のことだ。

「思ったほど参列者が多くねえな」

百合郎がいった。

境内の隅にある茶屋の軒下に緋毛氈の敷かれた縁台があり、そこに百合郎と江依太は腰をおろしていた。

陽があたらないように縁台の半分ほどが葦簀張りで隠してあるが、それがきょうは雨よけになっている。

大店の主人の葬儀だから二百人や三百人の参列者はいると思ったのだが、目勘定では百人もいない。

雨のせいなのか、小売業を切り捨てたつけがまわってきているのか、それとも人望がなかったのか。

遺族席には砺波屋の妹らしい二人がふんぞり返って座っている。だが親戚は少ないのか、または砺波屋が親戚づきあいを避けていたのか、妹二人とその連れあいらしい男たちのほか、遺族席には三人の老爺と老婆が座っているだけであった。

妾のおまさやその子どもの平太、お滝の姿もなかった。

砺波屋を殺すようにたのんだ黒幕がなにくわぬ顔でやってくるかもしれないと考え、参列者に目を配っていたが、いまのところ、そのような人物はみあたらなかった。暗殺者らしい浪人者の姿もないし、小柄で目つきの鋭い男の訪問もない。

「あれは……」

番頭の久兵衛に傘を差しかけられた喪服のおまさが平太を抱き、境内を歩いてきた。

番頭は傘を閉じ、おまさを葬儀場へ導いた。

場がざわついたが、しばらくすると静かになった。

突然、怒鳴る女の声が聞こえた。

名は知らないが、砺波屋の妹の一人がおまさに向かい、

「出ていけ、あんたなんかのくる場所じゃないわよ。たかが妾のくせに」

などと、おまさに食ってかかっている。女の亭主はうつむいて座ったまま、動こうとはしなかった。

番頭は平太を六代目に立てようと決心しているようで、罵っている妹のまえに立ち塞がり、

「このお子は旦那さまの実子なのですよ、お種さま。葬儀に参列するのは無論の

こと、財産を分け与えてもらえる立場でもあります」

と、静かに諭した。

「久兵衛、あんたもお払い箱だよ、この場から消えろ。顔もみたくない。それに、その赤子だって、兄の子かどうかわかりゃしないだろう。その女に情夫がいて、その男の子かもしれないじゃないか。いえ、そうよ、そんな赤子、兄の子でもなんでもないわ」

お種は、百合郎が危惧していたとおりのことを口にした。

親戚らしい老爺や老婆もうつむき、黙りこくっている。

おまさは平太を抱きかかえ、葬儀場から走り出た。

番頭があとを追った。門のところで追いつき、なにやら話している。

番頭はなんとしても平太を跡継ぎに据えたいだろう。そうなれば、平太が十五歳になるまで砺波屋を牛耳れるのは番頭の久兵衛だ。だが、妹二人が砺波屋に乗りこんでくるとなれば、久兵衛は路頭に迷わざるをえない。

必死になるのも、宜なるかなである。

「お篠はともかく、姉のお種は我が儘で気が強いから、ここぞとばかり、女将の座に居座ろうとするだろうねえ。親戚もあまりいないし、取引先の話を聞く耳など持っちゃあいないからさ」

いつの間に背後にお滝が立っていた。

江戸のお店の跡取りは、親戚や取引先の主人も交えて決める。できの悪い跡取りを立ててその店が潰れるようなことにでもなれば、暮らしを援助してもらっている親戚はおろか、取引先にまで被害が及ぶからである。

お種は、取引先の意見など聞かずに、おのれがやりたいように振る舞うだろう、とお滝はいっているのだ。

「だけど、砺波屋は主人の目利きで栄えてきた酒問屋でしょう。お種は酒の知識はあるんですか。それがなく、女将の座に座りたいだけで我が儘をとおせば、遠からず砺波屋は潰れますよ」

江依太がいった。

「お種の嫁ぎ先は酒屋だからね。そこで酒の商いをみてきたわたしならやれる、と信じこんでるんじゃないだろうかねえ。めっぽう気位の高い女でもあるから」

とお滝はいい、

「ま、潰して泣きっ面を曝すのも、お種にはいい薬かもしれない……とはいえ、自分ではなく、奉公人の働きが悪いから潰れたと、奉公人に責めを押しつけるに決まってるけどね」

と呟いて踵を返した。

お滝のうしろ姿をみて百合郎は、おや、と思った。足捌きに隙がないのである。だが、舞踊をやっている者は隙がないと聞いたことがあるので、それだろう、と納得した。

その日、砺波屋を殺したような人物は、葬儀場には現れなかった。

そのあとも数日かけて足取りを追ったが、砺波屋殺しの手掛かりはまったくつかめなかった。

裏者の幾人かに会い、『牙貸し』のことなども探ってみた。が、知っている者はいなかった。

安食の辰五郎からの連絡もないので、辰五郎の耳にもなにも届いてこないのだろう。

四

その日、砺波屋に引き移って五日になるお種に一通の文（ふみ）が届いた。

文を読んだお種は嬉々（きき）として駕籠を呼び、出掛けていった。

そのお種の屍体がみつかったのはその日の夕暮れどきだった。


砺波屋と関わりがある者が殺されたとあって、お種の一件も百合郎が担当することになった。

ぎりぎり寺社内での殺しなので、寺社奉行所から寺社役も二人出向いていたが、

「殺しは扱ったことがないので、町奉行所にお任せいたす。これはお奉行の意向でもあります」

といい、引きあげていった。

「左胸の下を深く刺されて……」

屍体の帯を解いて上半身を裸に剝（む）いた玄庵は、胸の傷口に細い竹串（たけぐし）のようなものを差し込んで深さをたしかめていた。

竹串には鯨尺のような目盛りが打ってあった。

「五寸を超えて臓腑にまで届いておるな。この胸の傷だけでも助からなかっただろうが、とどめのつもりか、介錯のつもりか、首の血脈を斬り裂いておる。躊躇い傷もなく、実に手際がいい。こういってはなんだが、みごとだ」

玄庵のとなりで屍体をみていた百合郎の頭に瞬時『牙貸し』の名が浮かんだ。だが口にはださなかった。玄庵は牙貸しの名を知らないだろうし、検使与力にも牙貸しの話はしていない。

お種が殺されていたのは深川正源寺本堂裏の竹林のなかであった。

懐に紙入れと財布が残っていて、一両と少々の金が入っていた。もの盗りの仕業ではない。それともほかのなにかを盗み、一両を残していったのだろうか。それはあり得ないように思われた。

下手人が落としていったようなものはなにもみつからなかった。

玄庵は、殺されたのは午九つ半刻から八つ刻あたりだろうといった。

屍体をみつけたのは女を連れて竹林に入ってきた若い男だが、男はその場に腰を抜かして立ちあがれなかったため、女が富吉町の自身番に駆けこんだ。

奉行所の中間数人によって竹林の外に留めおかれているため、屍体のまわりに弥次馬の姿はなかった。

あたりは薄暗く、中間が提げた提灯が玄庵の手許を照らしている。

「砺波屋を殺した者とおなじ人物でしょうか」

玄庵の言葉を帳面に書いていた江依太が尋ねた。

お種は江依太とおなじような背丈だった。

「傷は水平に入っている。砺波屋を殺した者なら、傷は下から心の臓に向かって刺したはずだ。正面よりやや横から刺しておるので、近くにくるのをこの屍体……お種といったか、お種は警戒しなかったのだろうな。下手人は顔見知りだとも考えられる」

と玄庵はいって言葉をきり、大きな溜息を吐いた。

「江戸に殺しの手練れが幾人もいるとは、物騒な世の中になったものだ」

玄庵は裾をはぐり、股間をまさぐっていたが、

「殺されるまえに目合ってはおらぬ」

といった。

江依太はそれも書きつけたが、顔色ひとつ変えなかった。

お種の屍体が運びだされたあと、百合郎と江依太は正源寺の境内に出た。

すでにあたりは暗く、弥次馬も参詣客もいなくなっていたが、お種が殺されたのが昼日中では、下手人をみた者はいないだろう。

みたとしても参詣客だと思って気にもとめなかったはずだ。

「砺波屋殺しをたのんだのとおなじ人物が、お種も殺させたのでしょうか」

江依太がいった。

「考えられねえ話じゃねえが、お種はなぜ殺されたのだ」

「番頭の久兵衛が頼み人だとしたら。甚五左右衛門の赤子を跡取りに据えるために」

「いい線だ。お種が砺波屋に乗りこんできて、気に入らねえ奉公人はことごとく追いだしたらしいからな。追いだされた奉公人たちに久兵衛が声をかけ、銭を集めて牙貸しにたのんだとしたら……筋はぴしっととおる」

「お種が殺されたとあっては、妹のお篠も怖じ気づくでしょうから、砺波屋をつづけていくためには、久兵衛を呼び戻すほかありませんね。取引先もそれを望むでしょうし……とはいえ、ややできすぎの筋書きのような気もしますが」

「うむ……」

お種が連れてきた新任の番頭は五十を出たばかりにみえる腰の低い男で、名を徳三郎（とくさぶろう）といった。

お種が殺されたことはすでに知っていて、これから南茅場町の大番屋に遺体の引き取りにいかなければならない、といいながら、なにをどうすればいいのかわからないようで、落ちつかなげにうろうろしていた。

「そのまえに少々話を聞かせてくれ」

百合郎がいった。

「お種が深川の正源寺にいったのはなぜだ」

「理由はわかりませんが、お出掛けになるまえに文が届きました。お種さまはそれをお読みになったあと、『おまさの餓鬼（がき）を葬れる（ほうむ）かもしれないわ。駕籠を呼んで』とおっしゃって、浮きうきした顔でお出掛けになりました。ああそうでした。袱紗（ふくさ）に包んだ十両をご用意しました」

お種の懐には文など入っていなかったし、袱紗に包んだ十両も入っていなかった。下手人は、財布には目もくれず、袱紗包みだけを持ち去ったのだろう。

文もついでに奪い去ったと思われるが、お種が持って出なかったかもしれない。望みは薄いが、たしかめておかなければならない。

「お種の寝間をみせてくれ」

万にひとつ、文がおいてあるなら居間ではなく寝間だと考えたのだ。

徳三郎はちょっと躊躇ったが、お種は死んだことを思いだしたのか、

「こちらでございます、どうぞ」

といって腰を折り、先に立った。

お種の寝間は十二畳ほどあり、大きな船簞笥（ふなだんす）や神棚があった。

黒檀（こくたん）の長火鉢が据えてあり、もの入れには分厚い布団がおさまっていた。

鴨居（かもい）からは数着の絹地の小袖がかけてあり、衣桁（いこう）にも派手な菖蒲柄（しょうぶがら）の小袖がかかっている。

船簞笥にも小袖や腰巻き類、櫛（くし）や髪飾り、化粧品などがぎっしり詰めこまれていたが、上段の抽斗（ひきだし）には書きつけが入っていた。書きつけの上に文らしいものがのっていた。

「あったぞ」

『殺された砺波屋が、先代の実子、太平ではないという手証を握っている。欲しければ十両持って深川の正源寺門前まで一人でこい。この手証があれば、平太を追いだすことも容易なはずだ。くるこないは、そちらの勝手だが、だれかを伴っ

てきたとわかったときには、おれは姿を現さないからそのつもりでいろ』

達筆でしたためられてあった。

脇から覗きこんでいた江依太が文を手に取り、

「この手は、お種さんのですか」

といって番頭にみせた。文を読んだ番頭が顔を青くして、

「はい、たしかに女将さんの手です」

といった。

「お種は用心深い質だったようだな」

「はい」

あとあとなにが起こるかわからないとでも考え、文の写しを取っておいたのだろう。

「この文はこちらであずかる」

百合郎が、番頭に有無をいわせぬ調子でいった。

「おまえはお種の嫁ぎ先から引っ張られて番頭に据えられたのだろう」

「はい」

徳三郎が厭な顔をした。百合郎のいいかたが気に入らなかったようだ。

「では、お種のことはよく知ってるな。だれからか、怨まれているというようなことはなかったか」

お種を怨んでいるだれかが、餌を蒔(ま)いてお種を呼びだし、殺したのかもしれない。

「いえ、そのようなことは。多少気位の高いところはございましたし、用心深くもございましたが、奉公人にはお優しいお方でございましたから。怨みを買うなどとは……」

そのようなことはあり得ないといった。お種べったりの番頭なら当然そういうだろう。

「ほんとうのことをいえよ。お種の敵討(かたきう)ちのためにもな」

「嘘は申しておりません」

徳三郎の必死さは伝わってきた。

「追いだされた久兵衛の居所を知っているか」

「いえ、ここに住みこみでございましたので、いまはどこにいるのかわかりません」

住みこみなら久兵衛は独り身だ。五十くらいにみえたが、ほんとうは何歳なのだろう。

「そうか」

たぶん久兵衛は深川のおまさの家だろうと、百合郎は見当をつけ、廊下に出た。そのとき、お種の寝間に案内されたときには気づかなかった、赤い障子紙が目に入った。廊下を隔てて寝間の正面にある。

障子をあけると、床も天井も壁も真っ赤な座敷が目に飛びこんできた。作りつけの赤い棚と、これも赤く塗られた文机がひとつぽつんとあるだけの、ほかにはなにもない座敷だ。

「なんだこれは」

「まえの旦那さまが使っておられたとのことでございます」

百合郎は、こんな真っ赤な座敷で砺波屋はなにをしていたのだろうか、と考えたが、答えより不気味さが先に立ち、早々に砺波屋を辞した。

「ここに書かれているのは真実かもしれねえな」

豊海橋のたもとまで歩いてきた百合郎が立ちどまっていった。

「おいらの勘もそういっています。砺波屋の幼名や平太の名まで知っていますからね」

「元番頭の久兵衛を捜す必要がありそうだな。ここまで詳しく知っているのは久兵衛だけだろう。やはり追いだされた奉公人を久兵衛が集めてお種を殺させたか」

「でもそれなら、砺波屋が太平ではないことを久兵衛は知っていて先代に話さなかったことになりますね。久兵衛は主人に強請りでもかけようと思っていたのでしょうか」

久兵衛はみるからに誠実で、砺波屋を強請るような人物にはみえなかった。

「それなら、お種を呼びだすために思いつきをならべ立てたのか」

といって江依太をみた。

「この文面に嘘があるとは思えないのですが」

「では、久兵衛が先代に黙っていた理由はなんだ」

「この文を書いたのは久兵衛さんではないかもしれないとは考えられませんか」

「これだけのことを知ってる奴が、ほかにもいるというのか、江依太」

「もう一人、この内容を知っていそうなひとがいます」

「だれだ」

「お滝さんです」

「お滝……」

といって百合郎はしばらく考えていた。

たしかにお滝と大坂時代の砺波屋とができていて、二人がおなじころ江戸に出てきてつきあいがつづいていたとしたら、お滝はさまざまな事情を知っているかもしれない。

「しかしだぜ、お滝がなぜ」

「久兵衛さんとおなじくらい、平太ちゃんのゆく末の心配をしておられました」

「もう一人の妾の息子のゆく末を……か」

百合郎にはいまひとつ腑に落ちなかった。

「嫉妬して相手の不幸を願ったりしないものなのか。妾同士というのは」

「よくわかりませんが、お滝さんは子どもが欲しかったけどできなかった、といってたでしょう。寂しそうでした。もしかすると、平太ちゃんをおのれの子のように思っていたのかもしれませんねえ」

「この写しの元の文を書いたのがお滝だとすれば、くそう……厄介だな。引っ捕らえて拷問にかけても、白状なんかしねえぞ」

百合郎はお滝が苦手であった。つかみどころがないし、どこまでが本心かもわからない。

もうひとつ気になっているのは、あの隙のない足捌きだ。

あたりはすっかり暗くなっていた。

どちらにせよ、動くのは明日だ。

五

数寄屋橋(すきやばし)をわたりきったところで江依太が聞いた。

「どちらを先にしますか」

お滝と久兵衛、両方に会って話を聞かなければならないが、と思ったとき、百合郎の目の端をなにかがかすめた。

お堀にいた川鵜(かわう)が音も立てずに水に潜ろうとしていたところだった。

ややはなれたところにぽっかりとその姿を現したとき、小魚を咥(くわ)えていた。羽根は黒く光り、水に濡れたようにはみえなかった。

横に咥えていた魚を頭を振りながら器用にまわし、大きな口をあけてするっとのみこんだ。

「苦戦しそうなほうを先にしようぜ」

いって百合郎は、お堀端を北に向かって歩きはじめた。

江依太は神妙な顔をしてついていった。


「お滝さまは、朝早くおでかけになりまして。はい、どこへいくともおっしゃらず、いつものようにふらっと……」

お滝に仕えている老婆がいった。やや腰は曲がっているがしっかりした話し方で、隠しごとをしているようには思えなかった。

先日きたとき南天の手入れをしていた老爺も出てきて、

「わたしもなにも聞いておらんのです」

といった。

「昨日の昼から夕刻までのことだが、お滝は家にいたかね」

百合郎が尋ねた。

「いえ、昨日も朝からおでかけで……」

「お滝さんが昨日着ていた小袖はありますか。あったらみせてほしいのですが。

なに、お滝さんには、おいらたちがきたことを黙っていればいいのですよ。お滝さんのお許しを得てから、というのはわかりますが、ご用の筋が絡んだことなんです。お滝さんがいるときにもう一度くればいいのですが、二度足になってめんどうなので。すぐすみます」

江依太が屈託なくいった。

百合郎が、こいつなにいってるんだ、という顔で江依太をみた。

老爺と老婆は顔をみあわせていたが、

「ちょっとなら」

と老婆はいい、お滝の寝間に案内した。

六段重ねの桐の箪笥があるだけの、こざっぱりした八畳間だった。

「これでございます」

衣紋掛けに袖をとおし、鴨居にかけてあった小袖を老婆が指し示した。錆色の縞で、生地は絹の袷だった。

江依太が、返り血があるかも、と囁いて障子をあけた。

「なるほど……」

外は小さな庭で、池に緋鯉が数匹泳いでいた。

百合郎は小袖を光にかざし、丹念（たんねん）にみていった。

お滝の小袖に返り血の跡はなかった。

返り血があるかも、と囁く江依太の声を聞いたとき、砺波屋の葬儀の日にみたお滝の隙のない足捌きを百合郎は思いだし、もしや、と気が騒いだのだが、考えすぎだったようだ。

だが小袖をみておいたほうがいい、と考えた江依太には舌を巻いた。

百合郎と江依太は老婆に礼をいい、お滝の住まいを辞した。


「ただいま帰りましたよ」

お滝が玄関で声をかけると、

「お帰りなさいまし」

といって賄（まかな）いのお糸（いと）が玄関に出迎えた。

「なにもなかったかい」

「町方役人と、若い、生き人形のような岡っ引きがみえられまして、お滝さまが昨日お召しになっていた小袖をみせてくれと」

「みせたのかい」

「はい。みせろといわれたらみせてもいいと、お滝さまがいっておられたので」

お滝はうなずき、

「小袖をみせろといったのは、鬼瓦だったかい、それとも生き人形」

「生き人形のほうでございました」

「やっぱりねえ、あいつは侮れないねえ」

といい、お滝が笑った。

ぞっとするほどの、美しい笑顔だった。


百合郎が思っていたとおり、元番頭の久兵衛は、おまさの家にいた。

お種が殺されたことは、砺波屋にいる元奉公人仲間が知らせてくれたので知っているといった。

「これを書いたのはおまえか。お種が書き写したのだが、内容の話だ」

といって文をみせると、

「なんですか、これは。すべて嘘っぱちです。荘吉さんが……のちの五代目ですが、持っておられた書きつけを、先代は本物だとお認めになったのでございますよ。それを太平ではなく別人などと、そんな……」

久兵衛は本気で憤慨しているようであった。

殺された砺波屋が先代の子ではないとなれば、平太は砺波屋の跡継ぎではなくなり、久兵衛の計略も流れてしまう。久兵衛の動揺もわからないではない。

「では、こんな出鱈目を思いつく者に心あたりはねえか。砺波屋の事情にもかなり詳しいようだが」

百合郎が尋ねると、久兵衛は、

「いえ……そんな人物の心あたりなど……」

といったが、おのれでも気づかないうちに、廊下の先にちらっと目を向けた。

そこに、赤子を抱いてあやしているお勢と、それを安心したような顔でみているおまさの姿があった。

百合郎はなにも気づかなかったかのように、

「そうかい」

といった。

江依太は地面に目を向けている。

お勢のことなど露ほども考えなかった。だがたしかに、お勢は、おまさと平太のことはわたしがめんどうをみる、といっていた。

平太を砺波屋の跡継ぎにすることが、お勢流のめんどうのみかただとすれば、あの文を書き、お種を誘きだしたのがお勢だとしてもなんら不思議ではない。

砺波屋が太平ではない、という考えも、お勢なら容易に導きだせただろう。

お勢に手際のいい殺しができるとは思えないので、殺しはだれかにたのんだにちがいない。

お勢は吉原の元遊女だ。

知りあいの伝手をたよれば殺し屋を捜しだすくらい雑作もないことではないか。

お勢の客に裏の大物がいたのかもしれないし、大富豪がいたのかもしれない。

裏にも顔の利く隠居がいたのかもしれない。金で動く浪人者がいたのかもしれない。お勢がいた妓楼の用心棒が、殺し屋に変貌したとも考えられる。

大林弥文たちが襲われた場所は、吉原にも近い。

お勢が顔をあげ、百合郎をみた。

百合郎と目があった。

お勢が軽く頭をさげた。

薄く笑ったような気がした。

百合郎は、近々殺し屋に狙われると直感した。そしてその殺し屋は、大林弥文を殺した人物でもある。

砺波屋とお勢を結びつければすぐ理解できることだ。

砺波屋はお勢とかなり深い仲で、大林弥文から恐喝されていることをお勢に相談したのではないか。

そこでお勢が、殺し屋を手配した。

もしかすると、この妾宅には二人の妾が暮らしているのではないか。

百合郎はおぞましいものでもみるような目で、お勢とおまさをみていた。

そうなると、平太はおまさの子だが、お勢の孫同様だといってもいいのではないか。


「あの文はお勢の仕業でしょうか」

深川の妾宅を出て掘割沿いを歩いているとき、江依太がいった。

「手証はねえが、おれはそうみた。お勢はおれが嗅ぎつけたことを知った、となると、このあとおめえならどうする」

「なにもしないで捕まりたくはないですね」

「殺された砺波屋が、おめえも閃いたとおり先代の実子ではないとすると、平太は砺波屋を継げない。となると、砺波屋が太平ではないのではないか、と疑いを持っている人物は生かしておけない。つまり、おまえとおれは邪魔だ」

「町方役人を狙うと思いますか」

江依太が聞いた。

「孫のような平太の一生がかかっているのだからな。将来は大店の旦那か、もしくは貧乏町人。孫のためなら、危ねえ橋でもわたろうとするんじゃねえのか」

「吉治郎親分が袋井にいっていることも、知ってるかもしれませんね」

吉原つながりで奉行所にも蔓があれば、あるいはすでに知ってるかもしれない。

砺波屋がらみでは、砺波屋甚五左右衛門、大林弥文、お種の三人もが殺されている。町奉行所に関わる者だとしても、おのれらの利益を阻害する者を容赦しないだろう。身に危険が迫ったことを知った者を甘くみると、こちらの身の破滅につながりかねない。

お勢たちの見張りを伊三にたのみたかったが、住まいを知らなかった。これまでは、吉治郎の下っ引きの住まいを知る必要などなかった。

そういうことはすべて、

「へい、承知しやした」

と、ふたつ返辞で吉治郎がやってくれていたからだ。

吉治郎は、うまくするときょうの朝あたり袋井を立ったかもしれない。江戸に戻ってくるのは早くても七日か八日あとだ。

「さて……」

どうやればお勢の尻尾をつかめるだろうか。

おまさはなにも話してくれないだろうし、万にひとつ、お勢のことを久兵衛が知っているとしても、口を噤むだろう。

とすると、お勢を捕まえる機会はいちどきり。殺し屋に会い、雁木百合郎と岡っ引きを殺してくれ、と金をわたしたそのときだ。

百合郎はおまさの家の裏をみた。

家は板壁にぐるりと取り巻かれていて、裏口はなかった。

女の二人暮らしなので、用心して裏口を作らせなかったのか、家を買ったときついていたとしても塞いでしまったのかもしれない。

「お勢が出掛けるとしたら、表の板戸だけですね」

と江依太はいい、あたりをみまわした。

おまさの家は新道に面していて、奥は「会所」つまりは塵芥捨場でゆきどまりになっていた。

板塀に作られた戸か、新道の出入り口さえ見張っていれば、お勢の動きはわかる。だが、そこを見張れるような場所がなかった。

新道には居酒屋と蕎麦屋がならんでいたが平家で、そこから夜通し見張るわけにはいかない。ほかは町人の住まいだった。

新道を出た通りはやや広く、料理屋、土産物屋、三味線の道具師、蒲焼処、菓子司、生薬屋などがならんでいた。

『川三』の暖簾のかかった蒲焼処の二階をみあげると、格子のはまった障子窓があった。

「あそこなら、見逃すことはなさそうですね」

百合郎と江依太が暖簾をくぐった。

午時分をすぎたあたりで客足は疎らだった。

「通りに面した二階の部屋は空いてるか」

百合郎が聞くと、店主らしい初老の男が、

「汚い部屋ですが、どうぞ」

といい、小女が会釈して先に立ち、階段をのぼっていった。

二階には廊下をはさんで四畳半が二部屋あり、二部屋とも廊下側の障子があいていた。

「通りに面しているのはこちらでございます」

小女が江依太をみて顔を赤らめた。

「鰻の丼飯を二人まえと肝吸いをたのむ」

百合郎が注文すると、小女が腰を折り、階段を降りていった。

畳は日焼けし、畳半分ほどの食卓があった。天板が黒ずんでいて、傷もついている。

窓の障子をあけると、格子の向こうに新道の出入り口がみえた。

百合郎と江依太は顔をみあわせ、うなずきあった。

六

百合郎と江依太が蒲焼処『川三』に入っていくところをみていた女がいた。お滝だ。

二人が店に入るのをたしかめたお滝は、そのまま踵を返し、掘割沿いの通りに出た。

東に向かってしばらく歩いていくと、富岡八幡宮門前の掘割に、参詣客相手の猪牙舟が幾艘か舫ってあった。

「駒形堂の近くまでたのめるかい」

お滝が声をかけると、威勢のいい若い船頭が、

「どうぞ」

といい、お滝の手を取って舟に導いてくれた。

「大横川をいってもよろしゅうございますか」

大横川をさかのぼって水戸さまの下屋敷の脇を抜け、源森橋をすぎて大川に入ればあとはくだりで雑作がない。

「船頭さんのいいように」

猪牙舟に揺られながらお滝は、先ほど塀の外で立ち聞きした鬼瓦と久兵衛との話を考えていた。

あの文をお種が書き写していたのは大きな誤算だった。

あの文を読めば、やがてお勢かわたしに辿り着くのは必定だ。あの鬼瓦がどれほどの同心かわからないが、あの生き人形は侮れない。

「くそっ……」

「なにか」

船頭がいった。

お滝は思わず呟いたようだ。

「いえ、なんでもないのだよ。独りごと……」

でもまあ、起こったことは仕方がない。

ここはひとつ、牢屋同心の大林弥文とお種を暗殺したご浪人さまにお出ましいただくほかないか、と思いをめぐらせていた。

あれだけは、あの約束だけは、命に替えても破るわけにはいかないのだ。冗談めかした約束でも、甚五左の旦那は本気だった。

お滝を乗せた猪牙舟は、穏やかな大横川を滑るように進んでいった。

第八章　暗殺者ふたたび

一

注文した鰻丼と肝吸いが運ばれてきた。

「主人に話があるのだが、手が空いたらきてもらってくれないか」

百合郎が小女にたのんでしばらくすると、腰を折りながら主人が顔をだした。

百合郎のまえに座り、

「お話と申しますのは」

顔を突きだすようにした。

百合郎が町方役人だということは店に入ってきたときからわかっているはずなので、なにか不吉な予感があるのかもしれない。

「実はな……」

といって百合郎は、懐深くに忍ばせていた十手をちらりとみせ、

「ご用の筋で、この部屋を五、六日借り受けてえのだが、どうだろうか。むろん、ただでなどとはいわない。五日で一両だそうじゃねえか」

といった。

一両は職人のおおよそ半月分の給金で、金銭的には悪い話ではないはずだ。

主人は一瞬浮かべた笑いを押し殺し、

「この部屋をなんにお使いになりますので」

と尋ねた。

「ある家を見張るのだが、それがどこかはいえねえ。どうだ、貸してくれるか」

「日々の飯代はべつということなら」

しっかりしてやがる。

「わかった。朝、昼、晩、おめえの店でなにか食おう、と決まったところでいっておくが、町方役人がここからどこかを見張っているのは、口外無用だ。いいな」

百合郎が財布から取りだした一両を、主人のまえにおいた。

「承知いたしました」

主人は一両を拾いあげ、そそくさと懐にしまった。

「さておめえのことだが江依太。一晩中ここにおくわけにはいかねえなあ」

「おいらなら気にしませんが」

「おれが気にするんだよ」

「まあ、そうね……そうですね」

湯も浴びない体で、百合郎と五日間ずっといっしょにいるのはきつい、と江依太は思ったが、口にはしなかった。寝姿もみられたくない。

「とはいえ、一人で見張るには限度がある。たとえば、厠にいっているあいだにお勢が動くと、見逃してしまう恐れがあるしな」

百合郎はやや考え、

「おまえはこれから奉行所へゆき、大番所に屯している岡っ引きたちに、伊三の住まいを知らないか、尋ねてまわれ。わかったら、伊三に事情を話して仲間を二、三人連れてここにくるようにいえ。もし伊三の住まいがわからなかったら、おれが手伝ってもらいたがっているといい、若い岡っ引きを二人ほどここに寄越せ」

江依太が奉行所へ着くころ、同心の定町廻りも終わる。大番所は岡っ引きたちの情報交換の場になり、賑わっているはずだ。

「連れてこいって言葉はなしですか」

「そのころにはすでに薄暗くなってるはずだ。相手はなにをやってくるかわからねえ。暗さに乗じておめえを人質にでも取られたら、おれの動きは封じられる。お種を殺めた奴の腕を考えると、それだけは避けてえ……」

江依太が手をあげ、百合郎の話をとめた。

「どうした」

「お種を殺した男と、大林弥文を惨殺した男は、同一人物ではないかと、いまふっと頭をよぎったのです」

「でもそれでは……大林を殺したのは砺波屋に雇われた浪人だぜ。その浪人を雇おうにも、砺波屋はすでにこの世にはいねえし……」

「お勢もその浪人を知っていたとしたら、どうです」

と江依太はいい、あっと声をあげた。

百合郎は、江依太がなにをいいだすのかと、黙って待った。

「大林さま暗殺を命じたのは砺波屋ではなく、大林さまに脅迫されて砺波屋が困っていることを知ったお勢が、浪人者を雇った……とも考えられますよね」

いって江依太は、

「うそ……」

と、素っ頓狂な声をあげた。

「こんどはなんだ」

「お勢とおまさが母子だったとしたらと閃いたのです……お勢は娘と孫を護るためなら……平太に砺波屋の跡を継がせるためなら、なんでもやるんじゃないですかね」

百合郎も、平太をお勢の孫のような、と考えたことはあったが、それはあくまでも、孫のような、というだけのことで、お勢とおまさを母子だとまでは思いいたらなかった。

「まったくとんでもないことを思いついたもんだ。だが、あり得ない、とはいいきれねえな」

「お勢は、おのれに迫っている町方役人と岡っ引き見習いの始末を、件の浪人に依頼しているかもしれません」

「だけどおれは、知り得たことはほとんど川添さまに報告しているぞ。おれを殺しても、川添さまはいろいろご存じだ」

「ご存じでも、百合郎さまが殺されれば南町奉行所同心の面目にも関わりますから、砺波屋の探索などやっている場合ではなくなり、頭は『牙貸し』で一杯になります」

「おれが牙貸しを追い詰めたので、逆に殺された、とみるわけか」

「砺波屋が先代の子ではないかもしれない、ということなど吹っ飛びますよ」

「仮におまえの閃きどおりだとして、吉治郎はどうなる。奴は優秀だ、なにかつかんでくるぞ」

「雁木さまが殺されたとあっては、親分も、いまさら、と考えて諦めざるをえないでしょう。砺波屋はすでに死んでいるのだし……」

「うむ……」

と呟いた百合郎はしばらく考えていたが、

「暗くならないうちにいけ」

「まさか……」

「なんだ」

「自ら囮になってけりをつけようと考えてるんじゃないでしょうね。百合郎さまの気性ならやりかねないから」

まさにそう考えていたところだったが、

「お種を殺った奴はかなりな腕だ。おれもそれほどの命知らずじゃねえよ、心配しないで早くいけ」

といい、手を振って促した。

江依太はじっと百合郎をみたが、やがて立ちあがり、部屋を出ていった。

階段を降りる足音はゆっくりで、いちど立ちどまった。

引き返してくるのかと百合郎は思ったが、そのまま降りていった。

江依太を送っていったほうがいいかもしれない、と考え、刀を手に立ちあがろうとした。が、思いとどまった。

お江依を岡っ引き見習いとして許したことを後悔していた。

「くそう……」

一寸ほど障子をあけて外をみた。

陽はかたむきつつあったが、まだ明るい。

路地から江依太が出てきた。『川三』の裏口から路地に出たのだろうが、そのまま速歩で歩きはじめ、振り向いて百合郎のいる部屋をみあげることはしなかった。だれにみられているかわからない。そこは江依太にぬかりはなかった。

江依太が通りを右に折れ、姿を消した。

百合郎は座りなおした。

刀の鐺を畳について柄を肩にのせ、新道をみた。

定斎屋が、箱の金輪をがちゃがちゃ鳴らしながら新道から出てきた。そのあとからお勢が歩いてくる。

百合郎は素早く立ちあがり、階段を駆け降りて裏口から路地に出た。

路地においてあった菜漬けの樽の陰から覗くと、お勢がこちらへ向かってやってくるところだった。

百合郎はお勢をやりすごし、あとを尾けはじめた。

お勢のうしろ姿に緊張は感じられない。

青物屋で大根と小松菜を買い、豆腐屋で豆腐と揚げを買って帰った。それだけで、だれかと立ち話さえしなかった。

深川門前仲町から南町奉行所まではおおよそ一里五町。江依太に声をかけられた岡っ引きがやってくるにしても一刻はかかる。

二

吉治郎の下っ引き、鋳掛屋の伊三が二人を連れて『川三』に現れたのは六つ半刻をすぎていた。

一人は三十くらいか。色の浅黒いぼんやりした男で、傘の骨買いの金太だといった。吉治郎がぼんやりした下っ引きを使うはずがないから、このぼんやりは金太のみせかけなのかもしれない。

もう一人は中年の小太りで、看板描きの啓三だという。啓三は、いかにも抜け目がなさそうな顔をしている。

伊三は張りこみに馴れているようでてきぱきと指示し、三人の見張りの割り振りを決めた。

「じゃあ、あっしらは階下で腹拵えを……」

金太がいうと、

「店で飯を食ってあがってきたら、客に怪しまれかねねえだろう。おめえが降りていってなにか四人まえたのんでこい」

伊三が命じた。

「いや、おれはいい。ちょいとそのあたりをひとまわりしてくる」

百合郎がいった。

金太はうなずき、階段を降りていった。

廊下を隔てたとなりの部屋に客はいなかった。百合郎がこの部屋にいたあいだは一人の客もこなかった。

「新道からちょいと粋（いき）な中年の女が出てきたら、尾行してゆき先か、だれかに会うようだったら、顔をたしかめておいてくれ」

「へい」

伊三たちはお勢の顔を知らないが、それらしい女が提灯（ちょうちん）を提げて新道から出てくれば、下っ引きの目が見逃すはずはない。

百合郎は、たのむぞ、といい、階段を降りていった。

木戸がしまるまでにはまだ一刻少々あった。

百合郎は門前仲町と門前山本町（やまもとちょう）のあいだの通りを真っ直ぐ西に向かって歩いた。

油堀から引きこまれた堀留をすぎ、黒江町（くろえちょう）をすぎて八幡橋（はちまんばし）、福島橋（ふくしまばし）をわたると、お種が殺された正源寺のまえに差しかかった。

参道の土産物屋はすでに店をしめているが、正源寺の伽藍が黒々とみえていた。そのまま歩いて相川町に突きあたり、右に折れて長さ百二十間あまりの永代橋をわたった。

目的地は、八丁堀だった。

相手はおれの屋敷を襲うかもしれない、という虫の知らせというか、そのような胸騒ぎがしたのだ。

屋敷に戻るにはもうひとつ理由があった。屋敷を見張っているかもしれない暗殺者におのれをみつけさせ、襲わせることだ。

江依太は、お勢はすでに暗殺者と連絡をつけ、百合郎を襲わせる手はずを整えているのではないか、といっていた。

それならそのほうが都合がいい。百合郎は、いつ動くかわからないお勢を見張っているのは性にあわないのだ。

どうせなら、襲われてもいいから、早く決着をつけたい、というのが百合郎の本音だった。

かといって、むざむざと殺されるつもりはない。

屋敷をぐるっとまわってみたが、怪しい者の気配はなかった。

しばらく佇（たたず）んで屋敷を見張っていたかったが、縄地の通りにはなにもなく、姿など隠せない。

百合郎は諦め、深川に引き返した。

尾行されているようすもなかった。

途中で木戸がしまったが、十手をみせてとおりぬけた。

『川三』も店仕舞いしていたが、お役人が二階で寝ずの番をしているから、泥棒の心配はないといい、店主が裏口をあけてくれていた。

二階へあがると伊三が起きていて、

「お帰りなさいまし。職人ふうの酔っぱらいが二人新道に入っていっただけで、女の出入りはありませんでした」

といった。いいながらも、目は、ななめ下の新道の出入り口に注がれている。

啓三と金太は、煎餅（せんべい）布団にくるまって眠っていた。

夜九つ刻になると伊三が啓三と金太を起こし、見張りを替わった。

三

朝五つ刻、風呂敷包みを背負った江依太がやってきた。

「おばさんがこれを……」

背負っていた風呂敷を解くと、着替えが入っていた。

金太と啓三の目は、江依太に釘づけになっていた。

「旦那の甥っ子で、岡っ引き見習いだ。たしか名は江依太だったな」

「よろしくお願いします」

江依太が挨拶すると、二人はそれぞれ名をいって頭をさげた。

金太はまだ江依太から目がはなせないようだったが、江依太がじっと見返すと、え、へ、へ、といって顔を赤らめ、うつむいた。

百合郎はおまさの妾宅を教え、

「おまさ、お勢、久兵衛の面取りにいってきてくれ」

といった。

三人はそれぞれの商売道具を抱え、階段を降りていった。

「なにか変わったことはありましたか。気になる浪人者の姿をみたとか」

江依太が聞いた。

「いや、夕食の買いものに出てきたらしいお勢を尾行したが、べつに緊張しているようでもなかったな」

「なにか見落としているようで落ちつかないのですが……気になって、昨夜はよく眠れませんでした。なんか奇妙な胸騒ぎがするんですよ」

昨夜、屋敷のまわりをみてきたことは口にせず、

「おまえに見落としがあるとは思えねえがな。気のせいだろう」

といった。慰めるつもりが慰めになっていなかったようで、江依太は沈んだ顔のままだった。

しばらくすると金太と啓三が戻ってきて、

「出入り口の扉の隙間から覗いて、三人の面を取りやした」

といった。

伊三が鋳掛けの仕事をもらい、いまそれをやっていて、久兵衛とお勢、おまさと赤子がそれをみているのだという。

しばらくして伊三が戻ってきたが、

「あの妾宅に変わったようすはありませんでしたぜ」

といった。

「あとはおめえたちに任せる。三人のうち一人でも出てきてどこかへいくようなら、尾行してゆき先を突きとめ、家なら、だれが住んでいるのかたしかめてくれ。飯はおれのつけで好きなものを食っていい」

いい残して百合郎はふらっと外へ出た。

ついてきた江依太が尋ねた。

「どこへいくんですか」

「おれにもわからねえ。じっとしているのが性にあわねえのだ。じっと座っていると尻がむずむずする」

本来なら奉行所へ戻っていまの状況を川添孫左衛門に報告しなければならないところだが、それも放っておきたかった。

「おめえの胸騒ぎが移ったようで、なんだか落ちつかなくなってきた」

定町廻り同心として奉行所に抱えられたころ、こういう苛々（いらいら）が募（つの）ると無双一心流の道場でなにも考えられなくなるほど稽古（けいこ）を積んだものだが、いまはそれをやってる場合ではないことはわかっている。だがなにをやろうとしても、これ、というものがみつからない。

正直な気持ち、江依太が邪魔だった。餌(えさ)になって歩きまわろうにも、つい、江依太の身を考えてしまう。

「暗殺者でも牙貸しでもいいから、襲ってきてくれねえかな」

考えていたことが口をついて出た。が、おれはあいつらに襲われるほどのものをつかんでいるのか。

襲われない、ということは、相手にとっては取るに足りない存在ということではないのか。

「大林弥文さまの遺体をみたのですか」

「ああ、みた。背筋に寒気が走るような斬(き)り口だった。もしも、あの腕の暗殺者をお勢が雇ったのなら、おれも自信がねえ」

気がつくと、砺波屋の遺体があがった黒船橋のあたりにきていた。

橋のたもとに群生している菖蒲(しょうぶ)に青い花が咲きほこっていて、そのまわりを蜂(はち)が飛んでいる。

菖蒲の根元から飛びだしてきた蛇舅母(かなへび)が素早く橋を横ぎっていった。

「いっそのこと、こっちがつかんでいることをお勢にぶちまけてみるか」

「つかんでいることといっても、ほとんどが当て推量で、手証はなにもありません。相手もそれは知ってるでしょうから、なにをいっても動じないでしょう」

「吉治郎がたよりか」

「早くてもあと五日ほどかかりますね」

百合郎と江依太が川面をみつめていると、

「甚五左の旦那はここで殺されたのね」

背後から声がかかった。

振り向くと、お滝が立っていた。

お滝は腕を組んで屈み、川面に目をやった。美しい横顔が、寂しそうだった。

数羽の鴨が水の動きに身を任せるように掘割を漂っていた。のんびり漂っているようにみせかけて、必死に足掻いているのだろうか。

お滝が立ちあがり、

「いらっしゃいませんか」

声をかけて黒船橋をわたりはじめた。

対岸の武家屋敷にはさまれるようにして、小さな黒船稲荷社が建立されている。

百合郎と江依太は顔をみあわせ、あとにつづいた。

一羽の雄鴨が突然、もう一羽の雄鴨に襲いかかった。なにがあったのかわからないが、羽根を広げ、水しぶきをあげながらつついている。だが急にやめ、なにごともなかったように漂いはじめた。

稲荷社の四段の石段をあがると赤い小さな鳥居が五基ならんでいる。

お滝は腕を組んだまま、三番目の鳥居に身をあずけた。

ややうつむき加減で、目だけを百合郎に向けた。

「おれに話があるようだな」

百合郎がいった。

お滝は顔をあげて百合郎をみた。そのあとふたたびうつむき、

「その話が出たときは……まさか殺されるとは考えていなかったはずですから、冗談半分だったのでしょうが、わたしは、甚五左の旦那にたのまれたのですよ。万にひとつ、おれになにかあったら、平太のことをよろしくな、と……」

お滝は言葉をきり、しばらくおいてから話の穂を継いだ。

「いま考えると、死ぬかもしれないという虫の知らせでもあったのかもしれませんねえ」

「だれからか脅迫された、というような話は聞いてねえか」

お滝は首を振った。

「平太のことをたのむ、という言葉が甚五左の旦那の遺言だったような気がして仕方がないのですよ。遺言なら聞き届けてやりたいじゃないですか」

お滝が顔をあげ、百合郎をみた。

「甚五左の旦那を殺した者のことを探索するのはかまいませんが、旦那に関することをほじくりだすのはやめてもらえませんかね。平太ちゃんの将来のためにも、そっとしておいてほしいんです」

「なぜおまさにではなく、あんたに平太の将来を託したのだ」

「妾どうし、力をあわせてやってくれってことじゃなかったのですかね。百両の金子もあずかっていますし。それで……」

「砥波屋をそっとしておいてくれってたのみなら、それはできねえ。殺された理由が、砥波屋のこれまでの暮らしと関わっているかもしれねえからな」

といい、

「砥波屋殺しは、牢屋同心の大林弥文殺しと、お種殺しにも関わりがあると、おれは睨んでいるのだ。そうであれば、砥波屋を放ってはおけねえじゃねえか」

といった。

お滝は百合郎をみつめたまましばらく考えていたが、

「牙貸しの仔細と引き替えに、といっても駄目ですか」

「なに……」

江依太も驚いていた。

まさかお滝の口から『牙貸し』の名が出るとは思いもしなかった。

「おまえ、牙貸しのことをどこから仕入れたのだ」

「取引をのみますか」

「おめえを引っ張って吐かせてもいいのだぞ」

「やってみますか。責め殺されようと、なにもしゃべりませんよ」

とお滝はいい、にっと、妖艶に笑った。

たしかに、この女ならなにもしゃべらないだろう。それは以前にも思ったことだ。が、そのまえに、直接殺しに関わりのない者を拷問にかけることは禁じられている。

「雁木さまなら、たぶんそうおっしゃるだろうとは思っていました。まあ、肚のうちをたしかめたかった、それだけのことです」

お滝はちょっと空をみあげるような仕種をしてから石段を降りた。

「ひとつ聞かせてください。お勢さんとおまささんは、実の母子なんですか」

江依太がお滝の背中に尋ねた。

お滝が石段の下から振り向き、

「そうではないが、吉原の新造と番頭新造の絆は、母子とちがわないらしいよ」

「もうひとつ。大林弥文さまを殺した浪人を雇ったのは、お勢さんですか」

お滝は笑って江依太の問いには答えず、黒船橋をわたっていった。

すっと背筋が伸び、足の運びにはまったく隙がない。

「あいつ……」

「お滝、お勢、おまさ、三人はつながっていたのですね。それに元番頭の久兵衛」

「もしかすると、牙貸しの元締めはあの三人かもな……いや、元締めは砺波屋で、内輪もめで殺される予感があった。だから平太のことをお滝にたのんだのかな」

「ちょっと飛躍しすぎているようにも思えますが、あり得ない話ではないですね」

「一方だ、もしも砺波屋が牙貸しの元締めだったとしたら、お滝が牙貸しの仔細をくれるというのは、おれの説に矛盾する。砺波屋が牙貸しの元締めなら、砺波屋は闕所になり身代は没収される。そうなると平太は路頭に迷うことになるからな」

話を聞きながら、江依太には気になっていることがあった。

――お滝はなぜわたしたちがここにいることを知ったのか――。

偶然来合わせたとは思えない。とすると、尾行していたのか。蒲焼処『川三』の路地から出てきたところをみたのか。『川三』の二階を借りていることを知っていたのか。お滝は逆に『川三』の二階を見張っているのか。いったい、なんのために。

江依太は、あっ、と思った。

「川三の二階を暗殺者に襲わせるためだ」

「なんの話だ」

「お滝は、川三の二階を暗殺者に襲わせ、皆殺しにするつもりかもしれません」

「それこそ飛躍しすぎた話じゃねえか。おれ一人ならともかく、下っ引きまで殺せば、奉行所は大騒ぎになるぞ」

「いつかの話を蒸し返すようですが、そうなれば、砺波屋の裏を取る話など、どこかに飛んでしまいます」

「まあたしかにそうだが、いまひとつぴんとこねえなあ」

百合郎は懐手をして赤い鳥居に寄りかかった。

「百合郎さまは『川三』の二階にいたほうがいいんじゃありませんか」

「わかった、そうしよう。おめえは、安食の辰五郎のところへいって、その後の牙貸しの話が耳に入ってねえか、尋ねてきてくれ」

「承知しました」

「ひとの多いところをとおっていけよ」

江依太は軽く頭をさげ、黒船橋をわたっていった。

鴨はいつの間にかいなくなっていた。

四

蒲焼処『川三』に戻ると、伊三の姿がなかった。

「お勢が出掛けたのか」

「いえ、久兵衛が一人で出掛けたので、伊三の兄いが……」

傘骨買いの金太がいった。

百合郎には久兵衛のゆき先の見当はついていた。

「少し眠る。なにかあったら起こしてくれ」

江依太のいうように、暗殺者が襲ってくるとしても、主人一家が自宅に引きあげたあとだろう。『川三』は宵五つ刻に店をしめる。


「雁木の旦那……」

金太に呼ばれて目をあけた。

「久兵衛が戻ってきました」

起きだしてみると、久兵衛が新道に入っていくうしろ姿がみえていた。

それから小半刻ほどあとに戻ってきた伊三が、

「久兵衛は砺波屋に入っていきました。一刻ほどすると、大勢がぞろぞろと砺波屋から出てきまして、久兵衛は深々と腰を折ってその連中を見送っておりました。店に戻ってしばらくすると、出てきて永代橋をわたりはじめましたので……」

妾宅に帰るのだろうと見当をつけ、引き返して砺波屋の奉公人に話を聞いたのだという。

「親戚縁者、得意先の主人が集まって話しあいがもたれ、平太の後見人として、しばらく久兵衛に砺波屋を仕切ってもらう、そういう話になったようです。お種が殺され、だれも砺波屋に関わりたくないといいだしたそうでして」

「お勢やお滝の思いどおりになったわけだ」

ここで殺された砺波屋は先代の息子ではない、という手証でも出れば、番頭はともかく、お滝もお勢もおまさも路頭に迷う。

おまさとお滝には砺波屋が残してくれた百両ずつがあるとはいえ、砺波屋の跡取り息子と、どこのだれが父親かわからない妾の子とでは、将来に雲泥の差が生じるだろう。

迷いはじめた百合郎の頭に、以前に考えたことがふたたび浮かんだ。

――砺波屋の正体を暴いても、おのれを満足させるだけで、だれも得をしないのではないか――。

百合郎は鰻の丼飯をたのみ、それで空腹を満たした。

午八つ刻をすぎていた。

そのあと、新道を出入りした者は子どもと近所の女房、棒手振りだけだった。

それから半刻ほどして江依太が戻ってきた。

昼飯は辰五郎に奢ってもらったという。

「なにかわかったか」

「なにも。みごとになにも入ってこないそうです。辰五郎さんは、牙貸しなどいなくて、どこかの戯作者の創りごとじゃないか、と疑っているようでした」

「おめえはどう思う。戯作者の創りごとだと思うか」

「おいらはいるように思います。砺波屋を惨殺したのがそいつらではないとしても、牙貸しは暗躍しているにちがいありません。玄庵せんせいの記憶にないのなら、殺しに手を染めはじめたのは近ごろかもしれませんが、埋めたか、海に流したかして、みつかっていない屍体もあるのではないでしょうか」

「おれもそう思うぜ。素人にしては手際がよすぎるからな。もしかしたら、殺す者と屍体を始末する者が分かれているのかもしれねえ」

　と百合郎はいい、

「おめえはそろそろ屋敷に戻れ」

　たぶん江依太は、きょうはここにいる、といい張るにちがいないと、百合郎は考えていた。そのときは、おれの足手まといになるから帰れ、と怒鳴りつけるつもりだった。

「はい」

百合郎が拍子抜けするほど素直に返辞をし、江依太は階段を降りていった。足どりが重いということもなかった。

「なんだあいつ……」

「牙貸しって言葉がちょいと耳に入ってしまったのですが、それってなんですかい」

そうだった。伊三にはまだ牙貸しの話をしていなかった。話をしてから尋ねたが、伊三も、金太も、啓三も、

「そんな連中がいることなど、聞いたことがありやせん」

といった。

五

その日、一刻半ばかり昼寝した百合郎と看板描きの啓三とが、深夜まで起きて見張る役についた。

なにも起こらない日が幾日つづくのだろう、と百合郎は思い、うんざりしていた。が、なおざりにするわけにもいかない。

だがその夜四つ刻、ことは動きはじめた。

「木戸がしまってるのに、あれは浪人者ですぜ。しかも頭巾で顔を隠していやがる」

障子の隙間から外に目を配っていた啓三がいった。

百合郎もそれをみていた。

右手から歩いてきて、左手へ、つまり砺波屋が浮いていた掘割のほうへ歩いていく。着流しに、ひと振りの大刀を落とし差しにしている。

「見張っていてくれ。どうやらおれを誘っているようだ」

百合郎は刀をつかみ、階段を駆け降りた。

裏口から路地に出ると、菜漬けの樽ごしに浪人者のうしろ姿がみえた。

百合郎は足音を殺し、尾行しはじめた。

掘割沿いの道に出た浪人が立ちどまり、三日月が映った堀の水に目をやっている。

細く、しなやかそうな体だ。

「こっちへこねえか雁木百合郎。水に映った月がきれいだぜ。堀の魚が透けてみえるようだ」

頭巾のせいか、浪人者の声はくぐもっていた。

ゆっくり、頭だけで振り向いた。

頭巾からは目だけがみえていた。

「大林弥文と砺波屋のお種を殺したのはおめえか」

浪人がうなずいた。

「この期に及んで隠しごとをしてもはじまらぬな。お種を呼びだす文もおれが書いた」

「砺波屋の長男、新太郎と船頭を夜釣りの舟から突き落として殺したのもおめえか」

「そこにまでよく気がまわったな」

「残念ながらおれじゃねえよ。うちの生き人形が閃いたのよ」

浪人がくっ、くっ、くっ、と笑った。

「なかなかみどころがある。だが短い命だった」

「ついでに、新太郎を始末するためのおめえを乗せた船頭も殺したのか」

「いや、十二、三のころから、仕入れた野菜を舟で売っていたので、舟を操るのは船頭裸足なのだ」

といって言葉をきり、

「砺波屋の生いたちを探りだすのをやめる気には、まだならないか」

「そんなつもりは毛頭ねえ、といったらどうする」

「仕方がない」

いって浪人者が刀を抜いた。

「おれを殺しても、砺波屋を探る奴は出てくるぞ」

「おぬしが殺されて首が持ち去られ、屍体に『天誅一人目』とでも書いた紙が貼りつけてあれば、奉行所は砺波屋のことなど眼中になくなる。というわけで、死んでもらう」

浪人者が正眼にかまえた。

たしかにそういう状況で百合郎の屍体が転がっていれば、奉行所は蜂の巣をつついたような大騒ぎになり、殺された砺波屋のことなど忘れ去られるだろう。正体がわからなければ『牙貸し』もそのうち有耶無耶になってしまう。

浪人者の目論見どおりだ。

百合郎も刀を抜いた。

銘はないが、ずっしりと持ち重りのする段平で、同心のそれらしく鍔元からてある。

切尖にむけての四分の三は刃引きしてあるが、切尖の六寸ほどは本身のまま残してある。

百合郎も正眼にかまえた。

目があった。

浪人者の全身から無数の針が百合郎に襲いかかるように殺気が迸った。

――やはり、こいつは……できる――。

百合郎の背中を冷たいものが疾り抜けた。

三日月が二人を照らしているだけで、風はそよとも吹かず、音はない。

どこかで、ばしゃっと水音がした。この暗闇に鳥がいるはずがないので、鯉でも跳ねたのだろう。

浪人者が左へ動いた。

堀岸から通りのなかほどまで体を移したのだ。

これで通りのほぼ中央に二人が立ったことになる。

互いに正眼にかまえたまま、あとの動きはなかった。

先に動いたほうが不利なのは互いにわかっていた。

浪人者が正眼からやや切尖をさげ、誘ってきた。

百合郎は正眼から切尖を右に動かし、刃先を返した。

暑くもないのに、百合郎の額に脂汗が浮かんでいた。

頭巾で覆っていて、相手の額はみえない。

浪人者が右足を引き、かまえを右車に移した。

柄を握る百合郎の右手に汗が滲んでいる。

百合郎は柄を脇にずらし、左足を一歩まえにだしながらかまえを無双に移した。

その刹那、

「むん」

浪人者が唸り声をあげ、右下から左上に向かって斬りあげてきた。

百合郎は両肘を引いてその刃を鎬で受け、右足を踏みだして押しこんだ。

浪人者の刃が百合郎の刀の鍔を、ぎん、と咬んだ。

浪人者の刀の切尖が百合郎の腹の先に、百合郎の刀の切尖が浪人者の目の先にあった。

百合郎はぐっと押しこんでおいて、体を左に移しながら切尖をさげ、浪人者の刀が流れたところ、右小手を狙って斬りあげた。

浪人者は体を左に半回転させ、返す刀を横に払った。

百合郎の襟(えり)がぱくっとひらいた。

百合郎は一歩飛びさがり、返す刀で浪人者の左首筋から右脇腹に向かって斬りおろした。

浪人者が左足をだしながら体を捻(ひね)り、刃で受けた。

ぎゃりっという音とともに火花が飛び散った。

刃毀(はこぼ)れした小さな鉄片が百合郎の右頬をかすめていった。そのあと、焦(こ)げたようなにおいが漂った。

互いに飛びさがった。

百合郎は息がきれはじめていた。

相手もおなじだとみえ、肩で息をしている。

互いに正眼に戻し、視線をからめながら息を整えた。

――強い――。

と百合郎が思ったとき、一瞬切尖が落ちた。さげたというより、落ちた感じだった。そこを百合郎は見逃さなかった。

落ちた、とみた刹那、すでに百合郎の体は浪人者の左脇を斬り抜けていた。

脇腹を深く抉(えぐ)った手応えがあった。

浪人者は刀をやや下段にかまえたまま振り向いた。

百合郎は血刀を振り抜き、まだ背中をみせていた。

浪人者は切尖をあげ、左足を一歩踏みこんだ。

百合郎の背中に向けて斬りおろそうとした刹那、左足がぐにゃっと曲がって力が抜け、そのまま片膝をついた。

左脇腹からは大量の血が滴(したた)っている。

それでも浪人者は刀を杖(つえ)代わりに踏みとどまっている。だが左脇腹に左手をあて、掌(てのひら)をみた。

左手は血の桶(おけ)に突っこんだように真っ赤に染まっていた。

浪人者は左手をみていた目を、振り向いた百合郎に向けた。

「大刀を振りまわすのは大林弥文を斬って以来なので、刀の重みに腕の力が負けた」

と浪人者はいって真横にたおれた。

百合郎は柳の葉で刀の切尖に拭(ぬぐ)いをかけ、納刀したあと浪人者の脇に屈みこみ、頭巾を剥(は)いだ。

闘っているうちに薄々わかったとおりの人物だった。髷(まげ)を解き、後頭部でひとまとめにして結んでいる。

「お滝さん……」

百合郎のうしろから江依太が覗きこんでいた。

顔は真っ青で、唇が震えている。

いまの決闘をどこからかみていたようだ。

「江依太……おまえ、どうして」

「お滝さんがおいらたちを尾行していたようなので、なにか仕掛けてくるのではないかと考え、『川三』の路地の菜漬けの桶に身を隠してようすをみていたのです」

その考えがあったから、帰れと命じられても素直に従ったのか。

「むう……」

お滝にはまだ息があった。

「おまえはすぐ死ぬ。そのまえに牙貸しの手掛かりを教えろ、お滝。砺波屋の仇討ち(かたきう)をしてやりたくないのか」

「平太の……将来を……保証……してくれますか」

「たかが町方同心に保証などできねえが、おれなりに取りはからってやる。話してくれ。話してくれればおれが砺波屋の仇討ちをしてやる。それは約束する」

「お滝さん、話してください」

お滝は目を瞑(つぶ)って考えていたが、やがて薄目をあけ、

「あんたとのけりがついたら、わたしが仇を討つつもり……喜願寺……」

といってこときれた。

「すべてお滝さんがやったことで、お勢さんは関わりがなかったのですね」

「おまえの胸騒ぎは、おれたちの当て推量がすべてまちがっていると、どこかで囁いていた声のせいだったのだろうな」

百合郎はふと考えていった。

「喜願寺か……どこかで聞いたことがあるような気がするのだが」

それがどこで、だれから聞いたのか、百合郎は思いだせなかった。

「喜願寺って、伊三さんが話していたのがそれじゃありませんでしたか、千住にあるという……水油問屋の冨田屋がそこから奉公人を二人雇っているとか」

江依太が憶えていたのは、冨田屋の左頬に刃物傷があったからだ。

父の三左衛門とお江依を襲ってきた男にも左頬に刃物傷があったのだ。が、冨田屋より十五は若かった。

「そうだ……それだ」

喜願寺の住職は、浮浪児、親に捨てられた子どもたちを集め、寺での修行の傍(かたわ)ら、読み書き算盤(そろばん)を教え、十五になると奉公先をみつけてきて奉公にだす……

そのようなことを伊三がいっていたのを百合郎も思いだした。

六

寺社方と合同で喜願寺に探りを入れると、集めた子どもたちに棒術を教え、そのなかから選りすぐりの子どもに人殺しを教えこみ、殺しを請け負っていることがわかった。

冨田屋四郎兵衛がそれに援助していることも探りだした。

「喜願寺の住職と冨田屋四郎兵衛は捕縛したが、殺し屋に仕立てあげられた子どもたちの姿はなかった」

喜願寺で修行していた僧侶は十二人いたが、そのうち『牙貸し』に関わっていたのは二人だけであった。

首謀者の雲海(うんかい)は、寺に探索が入っているのを知り、首を括(くく)って死んだ。

もう一人の慈念は逃げ、行方がわからない。

冨田屋は、寺に寄進はしていたし、奉公人を引き受けてもいたが、

「そんな……牙貸しですか、そんな恐ろしいことに関わってはいません」

といい張り、牙貸しとの関わりを否認し放免された。

奉行所は逃げた子どもたちを必死に追ったが、みつけられなかった。

そうこうしているうちに、袋井にいっていた吉治郎が戻ってきた。

「やっぱり五代目砺波屋は、太平とは別人でした」

太平母子は袋井の実家で太平が十一歳になるまで暮らしていたが、あるとき、毒茸をそれと知らずに食い、太平も含めた一家五人が中毒死したのだという。

「太平と仲のいい奴がいたのだな」

吉治郎を屋敷にあげ、夕飯と酒を振る舞っていた百合郎が聞いた。

そばには父の彦兵衛と興味津々という顔の江依太が控えている。

「太平は、父親が江戸の大店の主人だというのでそれをたいそう自慢し、『そのうちおれも江戸に戻って大店の主人になる。おまえらとはちがうのだ』と吹いていたようなのです。そのためか、寺子屋などではだれからも嫌われ、相手にするおなじ年ごろの子どもはいなかったようなのですが、一人だけ……」

両親を病で亡くし、祖母と貧乏暮らしをしている市太《いちた》というのがいた。

市太は寺子屋にかよえるような暮らしなどしていなかったが、家が近所だったため、祖母の漬物屋を手伝うかたわら、太平と話をすることもあったという。

「その市太でございますが、近所の者の話では、太平一家が亡くなったあと、いつの間にか姿を消しております。一家の葬儀のときには顔をみたといいますから、それまではいたようです」

「市太が太平の一家に毒茸を食わせて殺し、先代砺波屋の書きつけを奪って逃げたのは容易に想像がつくな」

「そうだと思いますが、五代目の砺波屋が殺されていたとは驚きました」

「推測ですが、市太は袋井から大坂に出て、お滝と知りあったのでしょう」

江依太はいい、吉治郎にお滝のことを語って聞かせた。

「お滝は子どものころ野菜売りの船頭をしていたようです。それで市太と知りあい、いっしょに江戸に出てきたのだと思われます。市太の力になりたくて、でしょうが、江戸のどこかの道場で剣術の腕を磨いたのでしょうね」

まさかおのれが暗殺者になるとは思ってもみなかっただろうが、剣術をやっておけば、どこかで市太の役に立つとは考えたはずだ。

女とはいえ、もともと剣術の才能はあったのだろうが、それにも増して、

「市太のため」

という思いが、剣術の腕に磨きをかけたのにちがいない。

そうしながら、市太の情婦をつづけ、暗殺者としても陰から市太を支え、砥波屋の主人にまで押しあげたのだ。

砥波屋は、跡継ぎが欲しかったはずだが、陰から支えてもらっているお滝に遠慮があったと思われる。お滝がそれに気づかぬはずがない。もう一人妾を栫い、男児をもうけるように提案したのも、お滝だろう。お滝に子ができれば、そんなことをする必要はないが、お滝には子ができなかった。

二人にしかわからない、深いつながりがあったのはまちがいない。だからこそ、お滝は、市太の息子の平太を砥波屋の跡取りにすることに命を懸けたのだ。

陰者でいながら、市太にこめた情愛には頭がさがるし、お滝が、

「わたしと旦那はそんな関わりじゃないから」

といった言葉の裏には、お滝の苦悩も隠されていたのかもしれない。

「そんなことがあったのか……」

父の彦兵衛もはじめて耳にする話で、驚いたようだった。

そこまではわかったが、百合郎にはひとつだけ気になることがあった。

砺波屋はなぜ殺されなければならなかったのか。

砺波屋を殺すように『牙貸し』に頼んだのはだれか。そのことだった。

「お滝の遺言はどうするつもりだ」

父が聞いた。

「一介の同心の身ではなんとも……」

筆頭同心の川添孫左衛門にすべてを話し、砺波屋の跡取りに関することには目を瞑ってもらうよう、たのむしかない。

第九章　復　讐

一

殺し屋に仕込まれた子どもたちは取り逃がしたが、牙貸しも潰した。ということで百合郎はふだんの定町廻りに戻っていた。

百合郎は若く足腰も丈夫だということで、高輪や麻布など江戸の南一帯を受け持っていた。

それぞれの自身番をまわり、

「なにごともないか」

と外から声をかけ、

「へーい」

という返辞があればすぐ次の自身番にまわる。

供をしているのは、岡っ引きの吉治郎と吉治郎の配下、江依太、ご用箱を背負っている奉行所中間（ちゅうげん）の三人だった。

「あれはやっているのでしょうね」

江依太が百合郎の脇につき、囁（ささや）くようにいった。

「おめえの哀願だ。無視するわけにもゆくめえよ」

「牙貸しを壊滅に追いこんだ張本人は、雁木の旦那（だんな）ですからね。きっと狙ってきますよ」

「おれとしては、そうなってくれたほうがいい。餓鬼（がき）とはいえ、人殺しを放ってはおけねえからな」

「牙貸しですか……江戸にいてくれればいいのですが、上方（かみがた）などに逃げ、そこでおなじような商いをやられたらたまりません」

百合郎と江依太の話が聞こえたようで、吉治郎がいった。

「砺波屋の話はどうなっているのですか」

「まあな」

牙貸しをあげるのにかまけていて、筆頭同心の川添にはまだ話していないのだろうと、江依太は思った。

たしかに、いいだしにくい話ではある。

南町奉行所に戻ってくると、元数寄屋町一丁目と二丁目の路地で、近所の子どもが三人、『穴一』で遊んでいた。どれも薄汚れ、継ぎ接ぎだらけの、裾の短いのや袖の長すぎる小袖を着ている。

『穴一』というのは、地面に径が三寸ほどの丸い輪を描き、そこに向かって一文銭を投げ、穴の中心に近い場所に銭を落とした者が総取りする遊びで、子どもの博奕みたいなものだ。

百合郎はその餓鬼どもにちらっと目をくれ、気にするふうもなく数寄屋橋をわたっていった。

二

銭を拾っていた年嵩の子どもがうつむいたまま、目だけを動かして同心のうしろ姿に目をやった。ぎらついた目は、獣のそれを思わせた。

生き人形のような顔の若者が肩越しに子どもたちをみていたが、同心はなにも気づいていないようだった。

年嵩の子どもが顔をあげて二人をみまわし、うなずきあった。

雁木百合郎の面を取った、という合図だった。

物陰に薬籠を提げた医者がいて、子どもたちをみていたが、

「あいつをのさばらせておくわけにはいかねえ……」

と呟いた。

医者の形をしているが、その正体は、百合郎たちが取り逃がした牙貸しの元締め、慈念だった。

雁木百合郎を殺したあとは、牙どもを連れて上方にでものぼり、ふたたび牙貸しをはじめようと考えていた。

こんな実入りのいい商いはない。客は伝手から伝手でいくらでもいる。

三

吉治郎とその手先を帰らせたあと退所届けをだした百合郎は、江依太を供に堀沿いを北に歩いて比丘尼橋をわたり、東に折れた。

屋敷に戻るつもりだった。

北紺屋町から左手に白魚屋敷をみながら京橋。そのまま歩いて三年橋、白魚橋。八丁堀に注ぎこむ楓川に架かる弾正橋に差しかかったとき、

「助けて……」

といいながら楓川沿いをかけてくる子どもの姿をみた。子どもといっても十三、四には達しているようだ。

頭を丸めて薬籠を提げた中年の男が、

「そいつは置き引きだ、捕まえてくれ」

と叫びながら追いかけてきた。

「おいら置き引きなんかしてねえ。あの医者は思いちがいをしてるんだ」

といいながら子どもは、百合郎に抱きついてきた。

その刹那、背中の帯に差しこんでいた匕首を引き抜き、ななめ下から百合郎の腹に突き刺した。

子どもは怪訝な顔をした。匕首の切尖が腹に食いこまないのだ。

力をこめて押した。が、小指の先ほども動かない。

気がつくと、二人の子どもが百合郎と江依太を取り囲んでいた。二人とも顔に

泥を塗り、にやつきながら匕首を手にしている。

「気をつけろ、こいつは腹になにか巻いてやがる」

百合郎に抱きついてきた子どもが叫んだ。

百合郎は二冊重ねの黄表紙を腹から背中にかけてぐるっと巻き、晒でとめていた。江依太に懇願されてのことだった。

取り囲んだ二人の子どもの表情からにやつきがすっと引っこみ、微かに怯えのようなものが浮かんだ。匕首が深々と腹に喰いこんでいると思い、勝ち誇っていたのだろう。

抱きついてきた子どもを百合郎が突き飛ばし、

「おれからはなれるな、江依太」

と声をかけながら右手を振った。その刹那、医者の右足に小柄が突き刺さっていた。

医者が傷口を押さえ、尻餅をついた。

「吉治郎」

百合郎が叫ぶと、どこに隠れていたものか、吉治郎が飛びだしてきて医者に捕り縄をかけた。

吉治郎は百合郎に命じられ、つかずはなれずで尾行していたのだ。

突き飛ばされた子どもはどこかを打って立ちあがれないようだったし、残りの二人は逃げ腰だった。

「おめえら、不意を突かねえとひとを殺せねえのか。意気地なしの腰抜けどもが。逃げようったって無駄だぞ。このあたりは奉行所の捕り方に囲まれている」

はったりだった。

「くそう……莫迦にするな」

うなりながら一人が匕首を振りまわした。

抱きつくか、道を尋ねる振りをして刺し殺す方法は学んでいるのだろうが、相手と対峙して殺す方法は教わっていないようだ。

「相手は子どもだ」

と、殺す相手を安心させ、その隙をつく方法のようだが、もしも失敗すれば逃げて次を待てばいい。

百合郎は大刀を抜き打ちに相手の突きだした右腕を叩き折り、返す刀を首筋に叩きこんだ。

切尖なら相手は死んでいるところだが、子どもを殺したくはなかった。とはいえ、子どもであってもひとを殺しているのだから、打ち首は免れられないだろう。

一人がたおれるまえに、もう一人が匕首をまえにかまえて突っこんできた。

百合郎は匕首を叩きながら左に飛び、盆の窪に刀を振りおろした。

子どもはまえのめりに突っ伏し、気を失った。

百合郎に抱きついてきた子どもがよろよろと立ちあがり、

「助けて……殺される……」

と叫びながら逃げだそうとした。

百合郎は怒りをこめ、無言で右首筋を叩いた。

妙な呻き声をあげて子どもがたおれた。

百合郎は刀を提げたまま、縛られた医者のそばまでいった。

「おめえ、慈念だな」

慈念は黙って百合郎をみあげた。

「砺波屋殺しをたのんだのはだれだ、吐け」

夜間瀬の矢吾郎殺しをたのんだ奴のことなど、どうでもよかった。仲間内で争っている分には奉行所もそれほど気にしていない。というより、裏者どうしで争い、死に絶えればいいとさえ考えているふしがある。

「おれがしゃべると思ってるのか、みくびるな。なにもしゃべらねえよ」

慈念がうそぶき、せせら笑った。

「そうかい」

と百合郎はいい、納刀しながら慈念の背中にまわった。

親指をつかみ、逆に捩って圧し折った。

慈念が悲鳴をあげた。

近所は河岸や蔵地だが、夕刻の忙しい時刻のためか、ひとの姿はなかった。

「な、なんてことしやがるんだ」

「おれはてめえが許せねえ。こともあろうに、年端もいかねえ子どもを人殺しに育てやがって。なんなら、人差し指も折ってやろうか」

「吟味与力に訴えてやる」

慈念は痛みを堪えているためか、目には涙が溜まっていた。

「おめえはおれから逃げようとして転び、指の骨を折った。そうだよな、吉治郎、おまえはみてただろう」

「へい、たしかにみてました。次に逃げようとして転んだら、手首の骨を折るかもしれませんねえ。よくあることなので、気をつけないと」

「足首も脆(もろ)いんだってな。医者がいってた」

「まえのめりにたおれれば鼻の骨も危ないですぜ」

「小枝が目に突き刺さることもあるからな」

百合郎が枯れ枝を拾った。

慈念は親指の痛みを忘れたかのように真っ青になり、あわあわ、と口を動かしている。

「吐かなくてもいいぞ」

百合郎が目のまえに小枝を突きだすと、

「いう、いうから目は潰さねえでくれ」

と慈念は悲鳴をあげた。


慈念が話し終わると、それまで黙って百合郎のやることをみていた江依太がつかつかと歩み寄り、慈念の頰をひっぱたいた。

慈念のやったことに怒ったわけではなく、百合郎のある一面を引っ張りだした慈念に憎しみを覚えたのだ。

四

慈念と子ども三人を奉行所の囚人置場に押しこめ、両国米沢町の屋敷に駆けつけてみると、大林弥文の母はおのれの首を短刀で突いて死んでいた。

異臭が漂いはじめているので、牙貸しが捕まったのを聞いたあと自害したものと思われた。

大林弥文が、砺波屋の秘密を書き残した書きつけがあるものと、屋敷中をくまなく探したがみつからなかった。

それを読んだからこそ、母は大林弥文が殺された事情を知り、牙貸しを雇って砺波屋に復讐したのだ。

「ありませんね」

吉治郎がいった。

「読んだあと、息子の不名誉になると考え、燃やしたのでしょうね」

江依太がいった。

「うむ……」

書きつけには、砺波屋からいかほどの金子（きんす）をいつもらったかも書き記してあったのかもしれない。どうもそのように思える。

「やりきれなさ半分、復讐心半分……というところか」

慈念は吟味で、大林弥文の母親から砺波屋を殺してくれとたのまれたことを吐くだろうから、黙っているわけにはゆかなくなった。

百合郎の話を聞き、

「うむ、わしの一存ではなんともしがたいな。お奉行と相談してくる」

といって立った川添孫左衛門が同心詰め所に戻ってきたのは、それから半刻ほどたったあとだった。

五

「相変わらず繁盛（はんじょう）しているようですね」

非番の日、百合郎と江依太は、豊海橋から砺波屋をみていた。

雲の隙間から青空がのぞいている。

「あ、これは……」

声をかけてきたのは、居酒屋の隠居小兵衛だった。江依太の顔をみて挨拶(あいさつ)したが、百合郎をみてもわからないようであった。

「ほれ、あのとき浪人者に変装しておめえに話を聞いた、同心だよ。世話になった。おかげで一件落着した」

「あっ……」

小兵衛は思いだしたのか、感心したように首を振った。

「元気そうでなによりだ」

「へい、倅(せがれ)の店の酒も、砺波屋さんから仕入れられるようになったとかで、倅も客も喜んでおります」

「そうか、そいつはよかった」

「では、ごめんくださいまし」

小兵衛は腰を折り、豊海橋をわたっていった。

「砺波屋はお咎(とが)めなしでよかったですね」

「ああ、おれも安堵(あんど)した。砺波屋を潰しても、得するやつはいねえからな」

悪事を働いたのは五代目の砺波屋とその妾お滝で、久兵衛や息子の平太には罪科はないと、奉行が裁許したのだ。裁許というより、目を瞑った、といったほうがいいかもしれないのだが。

冨田屋四郎兵衛は、慈念の白状で『牙貸し』の裏の元締めだったことがわかり、獄門首になっていた。

博徒の夜間瀬の矢吾郎殺しは、首を括った雲海が受けた仕事だったとかで、だれが殺しをたのんだかはわからずじまいだった。

江戸者の小袖は単衣に替わり、梅雨の季節になっていた。

だが江依太の父、井深三左衛門の行方は杳としてわからなかった。

どこからともなく翔んできた燕が、豊海橋をかすめて翔び去った。

コスミック・時代文庫

鬼同心と不滅の剣
牙貸し

【著 者】
藤堂房良

【発行者】
杉原葉子

【発 行】
株式会社コスミック出版
〒154-0002 東京都世田谷区下馬 6-15-4
代表 TEL.03(5432)7081
営業 TEL.03(5432)7084
FAX.03(5432)7088
編集 TEL.03(5432)7086
FAX.03(5432)7090

【ホームページ】
http://www.cosmicpub.com/

【振替口座】
00110-8-611382

【印刷／製本】
中央精版印刷株式会社

乱丁・落丁本は、小社へ直接お送り下さい。郵送料小社負担にて
お取り替え致します。定価はカバーに表示してあります。

ISBN978-4-7747-6270-8 C0193